卑怯者の純情

野原　滋

幻冬舎ルチル文庫

CONTENTS ✦目次✦

✦卑怯者の純情

✦イラスト・金ひかる

✦カバーデザイン＝久保宏夏(omochi design)
✦ブックデザイン＝まるか工房

卑怯者の純情

チカ、チカと不規則な点滅を繰り返す蛍光灯《けいこうとう》の下、佐々倉真寛《ささくらまひろ》は一昨年度の資料を探していた。

会社法で十年の保管義務があるとはいえ、内容は全てデータ化してほしいものだと、不機嫌な声を隠しもせずに、積み上がった資料の山を崩していた。

「この辺を破棄《はき》したらスペースが空くのに。なんで放っておくんだろう」

最下層で潰《つぶ》れている紙の束《たば》は十年以上が経過している。しかも年度も項目もバラバラで、どれだけずさんな扱いをしてきたのかが窺《うかが》えた。処理が済んだら取りあえず資料室に放り込んでおけばいいというういい加減さに、ここに来る度イライラさせられる。

「データ入力なんか、専門の派遣を雇《やと》えばすぐに済む話なのに。時間が人件費がって言いますけど、こんな有様のまま放置しておくほうが、よほどコストの無駄ですよ」

意見を言う時に、細い顎《あご》をツンと上げて話すのは真寛の癖《くせ》だ。学生の頃はその態度が生意気だと随分指摘された。社会人になって気を付けてはいるが、元来の気の強さは決して直らず、こうして時々顔を出す。

「まあなあ。業務の全システム化はつい最近のことだろう？　現状に慣れるのに精一杯で、過去の資料にまで手が回らないさ」

物置としか呼べない資料室の中、真寛の隣で涌沢知己《わくさわともき》が宥《なだ》めるような声を出した。

ファイルの一つ一つを丁寧に手に取り確認している真寛の横で、かなり呑気《のんき》な態度だ。もっとも、上司である涌沢に真剣に探せなどと、真寛が言えるはずもなく、猫の手程度の助けにもならないことも分かっている。

「だいたい資料がいるならもっと早くに言ってくればいいのに。A社の名前が出たのが夏過ぎだっていうじゃないですか。ギリギリになってすぐに欲しいって言われても困ります」

季節は冬。あと半月もすれば年が明ける。そうでなくても忙しいこの時期に、何故《なぜ》わざわざ仕事を増やすようなことをするのか。

「夏はほら、それこそシステムの入れ替え準備が佳境を迎えていたから。遠慮したんだろう」

背表紙を眺《なが》めている涌沢がまた呑気な声を出した。

真寛の働いているここ『ミコタ商事』は、東京に本社を置く企業向けの専門商社だ。事務用品のリース・販売の他、会議室やオフィスなどの貸不動産、最近では就労システムのクラウドサービスにも乗り出している。

「ほら、イライラしてないで資料を探す」

ポン、と尻《しり》の辺りを軽く叩《たた》かれ、真寛は憮然《ぶぜん》としながら持っていたファイルを元の棚《たな》に戻した。

「君の言いたいことは分かるけどね。そうそう簡単にいくもんじゃない」

「新システムを導入しただけじゃあ駄目なんですよ。まずは意識を変えていかないと」

「それはそうだ。分かっているんだよ、上だって」

反駁《はんばく》しようと涌沢のほうに顔を向けると、涌沢が柔和な笑みを浮かべ、頷《うなず》いた。

「物事を進めるのにはまず根回しが必要だ。真《ま》っ直《す》ぐに刺されると、また痛いところを突《つ》いているだけに、ね」

最後まで言わない涌沢に真寛も黙る。

正面から間違っていると指摘されれば誰でも気分のいいものではない。だけど仕事なのだから、逃げるわけにはいかないだろうに。

『業務管理の最先端を行く』などと銘打《めいう》ちながら、中の人間のアナログ具合に辟易《へきえき》する。データの入力方法を変えただけで問い合わせと苦情が殺到し、その対応に追われる羽目《はめ》になっていた。そしてその社内システムのサポートを任されている部署に、真寛は所属しているのだった。不満は日々募るばかりだ。

「そうでなくてもしょっちゅうバージョンアップだパソコンの入れ替えだってやるだろう？順応するのが大変なんだよ、これぐらいの年になると」

「涌沢さんはそんな年じゃないでしょう。充分順応できていると思いますけど」

ふざけた声を出して卑下《ひげ》する涌沢に、真寛もようやく笑顔で切り返した。

飄々《ひょうひょう》とした物言いはこの人のスタイルだ。言葉も物腰《ものごし》も柔らかいが、四十歳を前にして課長職に就《つ》いている涌沢は、社でも一目置かれる存在だ。優秀で面倒見よく、部下からの信頼も厚い。真寛が愚痴《ぐち》めいた不満を漏《も》らすのも、寛容な上司に甘えている証拠だった。

「君が優秀なのは、上はちゃんと見ているよ。僕も知っている」

「いえ……」

「だから焦《あせ》らないで、ね」

子どもに言い聞かせるような優しい声を出し、涌沢が諭《さと》してきた。

物言いがきつく、なんでも正論で正面突破しようとするのは真寛の欠点だ。それで今までも随分苦労してきたことを、涌沢はちゃんと知っていて、こうして諭してくる。

「で、資料は見つかった？　それでいいのかな」

真寛の手にしているファイルを指し、涌沢が笑って言った。結局ここに一緒に来て、涌沢はなんの手伝いもしておらず、自分でもそれが分かっているらしい。

「はい。これだけです」

見つけ出したファイルを棚の空いたスペースに一旦《いったん》置き、崩してしまった資料の束を元に戻している真寛の項《うなじ》に、涌沢の指が触れた。

思わず肩《かた》を竦《すく》め、一歩下がった真寛を涌沢が相変わらず笑顔で見つめている。

「肩にゴミが付いてる」

可笑《おか》しそうにそう言って、もう一度真寛の襟元《えりもと》に腕を伸ばしてきた。

「あ、すみません」

過剰反応してしまったことが恥ずかしく、謝る真寛の頬を、今度は指の背がそっと撫《な》でてきた。

「涌沢さん」

咎《とが》める声を出す真寛に、涌沢はもう片方の人差し指を立て、次の言葉を封じてきた。引き寄せられ、唇《くちびる》が近づく。

軽く合わさり、離れた唇は笑みの形を作ったままだ。視線を伏《ふ》せ、棚に置いてあるファイルを取ろうとしたら、今度は腕を引かれて涌沢のほうを向かされた。

「あの……涌沢さん」

戸惑いの声を上げる真寛に涌沢は動じない。自分の腕の中に真寛を取り込み、背中を撫で上げてきた。上背《うわぜい》のある涌沢に抱かれると、百七十センチぎりぎりの真寛はすっぽりと包まれる形になる。細身に見える涌沢の身体《からだ》は案外に厚く、ガッシリと重い。涌沢にこうして抱かれる度に、真寛は華奢《きゃしゃ》な自分を再認識させられるのだ。

細められた瞳《ひとみ》は相変わらず穏やかで、少し厚めの唇は微笑《ほほえ》んだままだ。大人の色気を漂《ただよ》わせ、その表情に真寛が何を思うのかを知っている、余裕の笑顔だ。

髪を軽く引かれ、その顔がもう一度近づいてくる。

「……ん」

今度は深く奪われた。舌先で開けろと促され、素直に従った隙間《すきま》に入り込み、掻《か》き回してくる。久し振りの感触に甘い吐息《といき》が漏れた。

うっすら目に掛かっていた真寛の前髪を、涌沢の長い指が掻き上げる。睫《まつげ》毛の濃い二重の目を露《あらわ》にされ、それが戸惑うように揺れるのを、涌沢が楽しそうに観察している。

細く柔らかい髪質の下にある黒目がちな瞳は、いつも真っ直ぐに相手を見据《みす》える。勝気で好戦的なその表情が、涌沢の仕掛けた悪戯《いたずら》に他愛なく解《ほど》け、白い肌《はだ》が朱《しゅ》を刷《は》いたように赤く染まっていく。

真寛の反応に気をよくしたらしい涌沢が、もっと深いところへ侵入してきた。顔を逸《そ》らして逃げようとしても、追い掛けてきた唇にまた奪われる。

「涌沢さん、戻らないと……」

「大丈夫だよ。真面目《まじめ》な佐々倉くんと一緒なんだから。僕一人で出掛けたならどこで油を売っていたんだって叱《しか》られるだろうけどね」

首筋の柔らかいところを嚙《か》まれ、あ、と声が上がった。きつく吸ってくる行為に、痕《あと》が付くんじゃないかと慌《あわ》ててしまう。そんな真寛の様子を涌沢は楽しそうに見つめ、今度は耳を含んできた。

「……ん、ん」

ここが弱いことを知っていて、ねっとりと舌を這《は》わせてくる。肩を竦めて逃げようとしたが、許してもらえない。足に力が入らなくなり、今さっき資料を探していたスチールの棚に凭《もた》れるようにして身体を支えた。

後ろに逃げられなくなった真寛に、涌沢の悪戯がますます大胆《だいたん》になっていく。下りてきた掌《てのひら》が、スーツの上から下腹部を撫でてきた。これには流石《さすが》に慌て、強い声を出して窘《たしな》めた。

「涌沢さん。こんなところで……」

「駄目ですって」

「ほんの少しだけ」

「平気だろ？　それにほら……、こっちは駄目じゃないみたいだ」

布越しに刺激を受けた真寛の下半身は、涌沢の掌の中で反応していた。身体を捻《ひね》って回避しようとするが、背中にある棚に邪魔《じゃま》され、前からは涌沢が押してくる。ピッタリと吸い付いた手が船形に形作られ、柔らかく擦《こす》ってくる。涌沢はそれを真寛に確かめさせるように、「ほら、ね」と、そこに視線を向けてきた。

「久し振りだ……」

恥ずかしくて身を捩《よじ》ろうとする耳元で、涌沢が甘い声を出す。

「最近は忙しくて、なかなか時間が作れなかった」

二人の時間が欲しくて、だからわざわざこんなところにまでついてきたのだと言われれば、抵抗する力も弱まってしまう。

上司と部下の間柄《あいだがら》で、職場では頻繁《ひんぱん》に顔を合わせても、こうして二人きりになる機会は少ない。社内では常に人の目があるし、待ち合わせて会うのにも気を遣う。システム改変で仕事は忙しく、そうでなくても逢瀬《おうせ》の時間を作るのは難しい。

何しろ涌沢には——家庭があるのだ。

「寂《さび》しいと思っていたのは、僕だけだったのかな……、真寛」

二人でいる時にだけ使う呼び名で囁《ささや》き、涌沢が見つめてくる。

「そんなこと、ないです」

涌沢が口元を緩めた。身体ごと押し付けられていた力が弱まり、自由が効くようになった腕を、真寛は自分から回した。

「あ、……ふ」

近づけた唇を涌沢が迎えにくる。深く合わさり、舌を絡め合うと、チリチリと蛍光灯が鳴る音に混じり、水音が立った。

下腹部に置かれた涌沢の手が蠢《うごめ》き始める。カチャカチャとベルトのバックルを外す音が聞こえ、緩めた中へ、手が入り込んできた。

「……あ」

エスカレートしていく涌沢の行為に困惑の目を向けると、宥めるように目を和《なご》ませて、もう一度唇を吸ってこられた。

「……興奮する」

煽《あお》るような声にギュッと目を瞑《つぶ》った。入り込んだ手は、下着の中にまで侵入し、芯《しん》を持ったそこを緩く握《にぎ》ってくる。

「君もそうじゃない？」

小さく首を横に振ると、握ったままゆるゆると扱《しご》きながら、親指で先端を擽《くすぐ》ってきた。

「ん、……んっ……」

眉《まゆ》を寄せて耐えている真寛を見つめ、涌沢が楽しげに追い立ててくる。

「前の時もそうだったよね。ほら、二人で残業した時」

以前もこんな風に涌沢に仕掛けられた。あの時だっていつ誰が来るかと気が気ではない真寛に対し、却《かえ》って楽しむように涌沢が煽ってきたのだ。悪戯好きの涌沢は、真寛の恐怖などお構いなしに、こうして翻弄《ほんろう》する。

「足、もう少し開いて……そう」

涌沢の掌の中のものがクチュクチュと水音を立てていた。首に回していた腕を誘導され、後ろ手に棚につく格好にさせられる。涌沢の前に無防備な姿で立ち、下着の中に入り込んだ手で悪戯され、目も眩《くら》むような羞恥《しゅうち》に晒《さら》された。

「……可愛《かわい》いね、真寛」

可愛いという形容は好きではなかった。昔から頻繁に使われたその評価は、決して褒《ほ》め言葉ではなかったからだ。外見に似合わず好戦的で口のきつい真寛に対し、そんな可愛らしい顔つきなのにと勝手にガッカリされる。外見に見合った言動を取ればいいなどと忠告され、余計なお世話だと思ったものだ。

「もっとそういう顔を見せてごらん……？」

だけど今涌沢が使うその言葉は、真寛の耳に甘く響いてくる。

頬《ほお》に手を当て、親指がふっくらした唇をなぞってくる。誘われるように舌を差し出し、涌沢の指を含んだ。チュプ、と水音が僅《わず》かに立つ。

「そう。いいね」

「ん……、ふ」

口を開けば切るような言葉しか発しない唇から、甘い吐息を引き出す。整い過ぎるほどの怜悧《れいり》な顔立ちが、自分の手によって崩れていく瞬間が、征服欲を満足させ、男の劣情《れつじょう》を煽るのだと、この人が教えてくれた。

「あ、……あ、ぁ」

資料の積まれた棚に凭れ、声を漏らしながら天井《てんじょう》を向く。さっきからチカチカと点滅する光が神経に障《さわ》っていたのが、今はそれが別の刺激になり視界がぼやけていく。涌沢はそんな真寛の様子を満足そうに眺めながら、包んだ手を上下させ、唇を吸い、舌を絡めてきた。

「ん……は、ぁ、涌沢さん……」

「やっぱりこういうところでするのが好きみだいだ」

「違う……」

否定の言葉を唇で奪い取り、ますます手の動きが激しくなる。

「違わない」

楽しそうな声を出して真寛の羞恥を煽っていく。

「ほら、濡れてきた」

「んん、んんっ」

「こっちを向いて。真寛」

首を振って抵抗する真寛の顔を覗《のぞ》いてくる。快感に抗《あらが》いながらどうしようもなく翻弄される真寛の表情が、涌沢はとても好きなようだ。

「ああ、その目、……いいね」

「涌沢さん、本当にもう……ぁ、っく」

悪戯が過ぎると、目の前にいる人を睨《にら》むがまるで効力がない。瞳は潤《うる》みきり、涌沢から見れば、それは縋《すが》るような眼差《まなざ》しに見えてしまう。いつもそうだ。この人には敵《かな》わない。それが涌沢の思う壺《つぼ》で、そして真寛自身もそんなふうに仕向けられるのを待っているのだ。

「随分濡れてきた。手がビショビショだよ……?」

「や……め、んん、んぅ」

わざと聞こえるように音を立ててくる。唇を噛んで耐えている真寛を翻弄するように、濡れた先端に置かれた指が爪《つめ》を立てた。

「あっ……」

思わず上がってしまった声を抑えたくても、両手を棚について身体を支えているから口を塞《ふさ》ぐこともできない。駄目だと思うのに、涌沢の指が巧みに動き、そんな真寛の理性を飛ばそうとますます悪戯を仕掛けてくる。

「スーツが汚れてしまうね。……どうしようか」

「涌沢さん、やめて、本当……スーツ、ぁ、嫌だ」

真寛の困惑の声に涌沢の手の動きが弱まった。ホッとしていると、下着から抜け出した手が今度はスラックスのウエスト部分を摑《つか》んできた。

「涌沢さん、何を……っ」

真寛の抗議などお構いなしにスラックスを下着ごと引き下ろされる。

「後ろを向いて」

「あ、あ、嫌だ」

「だって着たままじゃ汚れてしまうだろう?」

棚の横にある壁《かべ》に手をつけと言われ、抵抗する。

「いい子だから言うこと聞いて。真寛」

押し問答を繰り返しても時間が経つばかりで、涌沢は決して引かない。こちらが必死になればなるほど、涌沢はそんな状況を愉《たの》しむのだ。

観念して壁に手をつき、涌沢に背中を向ける。引き下ろされたスラックスと下着は、足首まで落ちていた。

「あ、……あ」

背後から抱き込まれ、回ってきた手で悪戯された。指が亀頭《きとう》を撫で、括《くび》れをなぞる。真寛の弱い部分を可愛がりながら、追い上げる風でもない柔らかい刺激に焦《じ》らされる。

「んん、ん……ぁあ……」

逃げる指を追って腰が回った。涌沢が息を吐《つ》き、笑った気配がした。

「もっと？」

今度は手に包み、ゆるゆると上下させてきた。刺激を欲しがり、手の動きに合わせて腰が前後し始め、止められない。

「可愛いな、本当に……」

「ん、あ、……っ、涌沢さ……」

「もうイキそうなんじゃない？」

うわ言のように涌沢の名を呼んでいる真寛の後ろで、涌沢が衣服を緩める気配がした。

「入れ……る……？」

ここで最後まで及ぶつもりなのかと、恐る恐る真寛が聞くと、「どうしようか、欲しい？」と楽しそうに聞いてきた。ろくな準備もせずに繋《つな》がる行為は恐怖だ。身を任せながらも戸惑っている真寛の耳を、涌沢が噛んできた。

「んっ……」

甘噛みし、息を吹き掛けられる。そうしながら水音を立てる先端を親指でクルクルと撫でてこられ、ますます濡れていった。

「どうする。ん？　真寛……？」

「……口、で」

「口でしてくれるの？」

「する……だから、わくさ……、あ、あ」

身体を繋げるよりはと、飛び掛けた理性で判断するが、それも涌沢の誘導によるものだ。それ以外の選択肢がないのに、涌沢はわざと真寛に選ばせる。

「じゃあ、先にイカせてあげる」

涌沢の追い上げが激しくなった。掌で全体を包み、扱かれる。水音と一緒に真寛の声が狭い資料室の中に響いていた。

「イク……？」

「ん……、ん、ぁあ……」

涌沢の手に促され、流されるまま頂点に向かおうとした時、静かな振動音が響いた。資料室に立ち込めていた空気を攪拌《かくはん》するように涌沢の携帯電話が震え、やがて止まった。

真寛から離れ、携帯を確認した涌沢が苦笑している。

「部長が探しているんだそうだ。まいったな」

壁に手をついた格好のまま、動けないでいる真寛の頭を撫でられた。それを合図に呪縛《じゅばく》が解かれたように身体を動かし、落ちているスラックスを引き上げた。

「名残惜《なごりお》しいけど、先に行くね」

真寛を残し、資料室から出ていこうとした涌沢の足が止まった。振り返った顔は相変わらず笑っている。

「本当残念。またお預けだ。ちょっと時間を置いたほうがいいな」

そう言って、真寛に指を向けた。

「そのままフロアに戻ったら相当ヤバいよ。何をしていたのかが一発でバレそうだ。ちゃんと処理をして、スッキリとした顔で戻ってくるんだよ」

からかうような声を残し、資料室のドアが閉まった。一人取り残され、溜息《ためいき》を吐く。

中断されてしまった行為は切ないが、ホッとする思いもあった。いくら二人で逢《あ》う機会が少ないからといって、職場でこんなことをするのには抵抗がある。それなのに涌沢の誘いに逆らえず、唯々諾々《いいだくだく》と応じてしまったことが今になって悔《くや》しいと思う。

ヤバいと言われても、こんなところで一人で処理をするなんて、到底できない。緩慢な動作で身支度《みじたく》を整えながら、熱が収まるのを待つしかなかった。

「手伝ってやろうか？」

突然背中に聞こえた声にギクリとなり、身体が硬直した。聞き覚えのある男の声に、熱くもないのにこめかみから汗が一筋流れていく。

真寛の立っている棚の向こう側から人影が現れた。

「へえ。こんなところでデートしているんだ。……ふうん」

皮肉な笑みを浮かべ、強い眼差しが真寛に向けられる。

「……高木《たかぎ》」

上司との情事を見られてしまった相手は、真寛にとって最悪な人物だった。


同期入社の高木夏彦《なつひこ》とは犬猿《けんえん》の仲だ。

入社直後の新人研修で同じグループになった二人は、その時にちょっとしたことで意見が食い違って以来、なんとなくギクシャクした関係が続いていた。

今思えばたいした齟齬《そご》でもなく、真寛自身、意固地になり過ぎたと思っている。だが入社したての気負っている時期に、自分よりも優秀な高木を前に、つい対抗心が芽生えてしまい、折れることができなかったのだ。

研修が終わり、真寛は希望したシステム部企画課に入れず今のシステムサポート課に配属され、高木が第一希望である営業部第一課に配属されたことも拍車を掛けた。対抗心と敗北感は、やがて苦手意識になり、入社して二年近くが経った今もそれは続いていた。

そんな真寛に高木が好感情を持つはずもない。その高木に、よりにもよって上司との情事の現場を目撃されてしまったのだ。

「これって一応不倫ってことになるんじゃないか？　あの人結婚してたよな」

高木の言葉に何も言えず、唇を噛む。

「へえ……、佐々倉が不倫ねえ。驚いた」

高木の前では頑《かたく》なになってしまう真寛に対し、いつも余裕の態度なのにも器《うつわ》の大きさを見せつけられているようで癪《しゃく》に障った。だが、高木の声には今、明らかに侮蔑《ぶべつ》の色が浮かんでいて、それが胸を刺す。

こめかみの辺りがドクドクと脈打ち、顔が火のように熱い。気に食わないやつだと思われていても、それは自分の態度が招いた結果だから仕方がない。だが、軽蔑されたという思いは、酷《ひど》く真寛の心を苛《さいな》んだ。

「おまえってゲイだったんだ。それともどっちもいけるっていうやつ？」

いたぶるような声に返事ができない。

「なあ、どっち？　男しか駄目なの？　女も抱けるのか？　教えろよ」

「……ゲイ、だ」

冷たい声は黙秘を許さない。仕方なく答えると、高木は「へえ」と感心したように笑った。

「それで受け身なんだ。さっき言ってたよな。入れるのかって。おまえ抱かれる側なんだ。……へえ。佐々倉、おまえ、涌沢さんに抱かれてんのか」

資料室にドアは一つしかなく、真寛たちが来てから開いた覚えはない。高木は二人がやってくる前からここにいて、会話の一部始終を聞いていたらしい。

「随分可愛らしい声を出すんだな。男にああされて感じるんだ。あの人が初めてじゃないんだろ？　今まで付き合ってきたやつともあんな感じなんだ？」

「関係ないだろ！」

投げてよこす明《あ》け透《す》けな質問は、真寛を辱《はずかし》めようとする意思が感じられた。持ち前の負けん気で言い返す真寛に、高木は動じた様子も見せない。

「関係ないけどさ。でもまずいんじゃないか？　なあ」

高木が真寛を真っ直ぐに見つめてくる。

「上司と不倫はまずいだろう」

高木の言葉にグッと詰まる。言い返せない真寛を、高木は更《さら》に追い込んできた。

「家庭もあるし、会社での立場もある。上に知れたら大変だ」

報告するつもりなのかと、強い目で高木を睨む。真寛よりも頭一つ分も大きい身体で、高木も見下ろしてきた。営業らしい短髪と意思の強そうな眉の下、鋭い瞳が真寛を見据えた。

切れ長の目が射《い》すくめるように見つめてくる。耐えきれずにそこから逸らし、逃げてしまった悔しさに唇を噛んだ。自分から目を逸らすことなど滅多《めった》にない真寛だが、これほど力の強い目を見たことがなかった。

「そんなリスク背負ってまで、あんな際《きわ》どいことして楽しんでいたんだ。滅多に人も来ないもんな、ここは」

高木も資料を探していたのか、手に持っていた冊子で自分の肩を叩き、狭い室内を見回した。涌沢も上背のあるほうだが、高木はそれよりも更に大きい。得体の知れない圧迫感で息が苦しくなった。

「会社でやるのは刺激的か。すげえよな。度胸あるわ」

高木の口振りは、真寛と涌沢が社内でしょっちゅう逢瀬を重ねていたと言わんばかりだ。

「違う。こんなこと、普段からしているわけじゃない」

「なんでもいいよ。おまえがここで上司とやっていたっていう事実は変わらないんだから」

刺すような声に反論の言葉を失った。拳《こぶし》を強く握り、下を向く。何をどう取り繕《つくろ》おうと、見られてしまった事実は変えようもなく、高木が指摘したことはその通りだったからだ。

「それにしても焦ったよ。人が入ってきたと思ったらおまえでさ。出ていくタイミング逸《いっ》しているうちに始まっちゃうんだもんな」

足元を睨んでいる真寛に、高木が楽しそうに言ってくる。

「涌沢さんも気の毒にな。いいところで邪魔が入っちゃって。ヤバいってどんなだったの？」

視線を上げずにいる真寛の顔を高木が覗いてきた。

「俺、隠れちゃったからさ、声しか聞こえなかったんだけど、おまえ相当だよな」

希望の部署に就き、二年目の今はメキメキと頭角を現し営業のルーキーとして期待されている。その高木は今、周りからいつも爽やかと称される笑顔とはかけ離れた酷薄《こくはく》な笑みを浮かべ、真寛をいたぶるように見つめている。

迫力のある身体つきで、その上に屈託《くったく》ない笑顔を乗せているのが普段の高木だった。いつもは白い歯を見せている唇が、皮肉げに片方だけ吊《つ》り上がっていた。

高木が見せる初めての表情に、こんな顔も持っているのかと驚いた。そしてそれをさせているのが自分だと気づき、心が凍る。高木が真寛に向けているこの笑みは……嘲笑《ちょうしょう》だ。

「声聞いてるだけで……俺も興奮した」

低い声が聞こえ、ゾクリ、と背中が震えた。

「だから手伝ってやるよ。なあ……続き、しようぜ」

思いもよらない言葉に、弾《はじ》かれたように声の持ち主を見返した。

「そんなこと……できるわけがないだろう！」

叫ぶような声を出す真寛を、揺るがない瞳で高木が見つめてきた。

「なんでできないの？　おまえゲイなんだろ」

「だからって……っ、無理を言うな」

「あの人じゃないと駄目なんだ。一途《いちず》っていうやつか？　……不倫してるくせに」

容赦《ようしゃ》のない言葉で真寛を攻撃してくる。

「涌沢さん、部長に呼ばれてるんだっけ。あの人仕事できるもんな。昇進の話だったらおまえも嬉《うれ》しいか。彼氏が出世したらおまえにもいいことがあるかもしれないもんな。……部長が知ったら驚くよ、きっと」

「……脅《おど》すつもりか？」

笑いを含んだ声には明らかに黒い思惑が含まれていた。

「うちは社内恋愛にはうるさくないけど、これはどうなのかなって思っただけだ。どんな騒ぎになるんだろうな」

頭の切れるやつだとは知っていたが、人の弱みにつけ込んで、こんな卑怯《ひきょう》な交換条件を出してくるとは思わなかった。

「興奮したって言っただろ？　それに、どんなヤバいことになるのか、見てみたい。……そうだよな、おまえってさ、ちょっとないくらい綺麗《きれい》な顔してるもんな」

好奇心の強そうな顔がニヤ、と笑う。

「涌沢さんもしきりに顔見せろって言ってたじゃん。……俺も見てみたい。おまえがどんなになるのか。なあ、見せろよ」

気に食わない同僚を陥れる格好の材料を見つけた男は、残酷な要求をし、真寛をいたぶることを愉しんでいるようだ。表には決して出さない、高木の黒い部分を垣間見せられ、驚きと同時に、嫌悪が湧《わ》いた。

「今のことをリークしても、俺と……涌沢さんがシラを切れば、問題は大きくならない」

窮地《きゅうち》に追い込まれながらも、真寛は努めて冷静な声を出した。

「涌沢さんとおまえとでは信頼の度合いが違うだろう。告げ口なんかしたら、おまえのほうがリスクを負うんじゃないか？」

声を聞かれたというだけで、物的証拠は何処《どこ》にもないのだ。

「それとも直接家族にでも忠言に行くのか？　高木、おまえだってそんな馬鹿《ばか》なことはしないだろう」

真寛の反論に一瞬眉を寄せた高木は、すぐに表情を変え、また元のような笑みを作った。人を陥れ、無茶な条件を吹っ掛けてくる、残酷でふてぶてしい顔だ。

「こんな状況なのに相変わらず口が立つな。流石、言い逃《のが》れも上手《うま》いもんだ」

馬鹿にした声に拳を握る。保身のためにシラを切るなんて行為は自分だって情けない。だけど涌沢に迷惑は掛けられない。

「不倫が悪いことだってことは、……俺だって分かっている。だけど……」

「分かっててやってんだろ？　人に何言われても、見つかるリスク背負ってまでやってんだろ？　それぐらいの覚悟がなくちゃできないよな、不倫なんて」

被《かぶ》さる声にグッと詰まるが、ここで引き下がるわけにはいかなかった。

「とにかく証拠はないんだ」

冷静に話を進めようとする真寛の前で、高木がスーツのポケットから携帯を取り出した。

悪戯をするようにそれを目の前で弄《いじ》ってみせ、不敵な笑みを浮かべた。

「なあ、おまえこのアプリ使ってる？　ボイスメモ。俺、営業やってるからさ、業務報告のために自分の声を吹き込むんだ」

目の前に翳《かざ》された携帯を見つめ、声を失った。

「便利だよな、こういうの。そう思わない？」


「こっち来いよ」

ドアの内鍵《うちかぎ》を閉めた高木に命令され、強張《こわば》った身体を動かし、それに従う。

「座れ」

高木から視線を外さないまま、黙って片膝《かたひざ》ずつ床につけた。屈辱《くつじょく》と怒りで視界が霞《かす》み、逸らしてしまいそうな目を、それでも逸らさなかったのは、冷徹《れいてつ》な命令をする男への抗議だ。

だが、真寛の視線を受けても高木は命令を撤回《てっかい》せず、挑《いど》むように見返してきた。こちらを見下ろしながら、スラックスの前を寛《くつろ》げていく。

「涌沢さんのを咥《くわ》える予定だったんだろ？　代わりに俺のをやってくれよ」

高木の手によって取り出されたそれは、本人が言っていたように確かに興奮の兆《きざ》しを示していた。

「やれよ」

低い声に従い、顔を近づける。

「……歯ぁ立てんなよ」

目を瞑り、差し出した舌先を先端に置いた。

「っ……、く」

頭の上で、喉《のど》を詰めるような音が聞こえた。刺激を受けた高木のペニスがピクン、と跳ねる。

舌を置いたまま、自分に命令を下した男を見上げた。きつく眉を寄せ、僅かに開いた唇から溜息を漏らしている。

「……続けろ」

高木がまた命令を下す。上ずった声を出し、だけど挑むように強い目で見下ろされ、黙って従った。

舌を滑らせ竿《さお》の下から上へと撫でていくと、高木のペニスはみるみる芯を持ち、真寛の舌に持ち上げられるように上を向いてきた。舌の全体を使って舐《な》め上げ、下ろしていく。真寛の唇に押し付けるように高木の腰が動く。

舌を這わせながら唇を滑らせた。顔を倒して根元の部分に吸い付くと、大きな溜息と共に、高木が上を向いた気配がした。軽く歯を立てたら、くぅ、と喉を詰め、唇を離さないまま舌先で擽ると、また溜息を漏らした。

高木が感じている。

屈辱的な命令に従わされながら、自分が高木を翻弄しているという感覚は、妙な優越感だった。

追い立てるようにして、高木が喜ぶ場所を執拗《しつよう》に可愛がる。

「……咥えろ」

苦しげな命令の声がし、再び先端に移動した唇を開き、言われた通りに呑《の》み込んだ。

「は……っ、ぁ……」

耐えきれないというように、高木が声を発した。腰を震わせ、中に押し入ろうとする動きにも従う。歯を立てないように用心しながら招き入れ、舌を絡ませながら引いていく。

上下させる顔の動きに合わせ、高木が息を吐く。口の中のモノは完全に育ちきり、先端が濡れていた。

膝をつき、顔だけを動かす行為がつらくなり、目の前にある腰に両手を添えた。体勢を整えると、それを待っていたかのように高木の掌が真寛の頭を包んできた。

促される腕に従い、呑み込んでは引き、また口内に招き入れることを繰り返した。

動く度に声が聞こえる。唾液《だえき》が溢《あふ》れ、零《こぼ》さないように口を窄《すぼ》め、舌で塗り込めるようにしながら引くと、ついてくるように高木の腰が揺らめいた。

「……あ、ぁっ、……っ、あ」

頭に置かれた指が真寛の髪を摑んでいる。痛みは感じなかった。その指に従い口淫《こういん》を繰り返す。は、は、と息を吐き、時々泣き声にも似た音を漏らし、高木が高まっていく。

腰に巻き付けた自分の腕が、高木を抱き込んでいた。上から聞こえる声と溜息と、自分では制御できないというように揺れている腰の動きに煽られるように、自ら激しく顔を動かした。

「……は、っあ、佐々倉……」

息に混じり、高木が真寛を呼ぶ。口いっぱいに頰張り、返事ができない代わりに強く吸い上げ、唇の裏の柔らかい場所を使って扱いた。

「あっ、ぅ……っ、く」

真寛の頭を包んでいる指が髪の毛を掻き回す。動きに素直に従う行為を褒めるように撫でてこられ、顔を動かしながら真寛は目を細めた。相変わらず声を上げ、高木が真寛の口淫に浸《ひた》っている。

脅され、無理やり命令され、仕方なく従っているはずが、ワザとのように水音を立て、高木の声をもっと引き出そうとでもするように激しく追い立てている。

身体の芯が熱い。腰に回した腕に力を込め、深く呑み込んだ。

「あっ、……ぁあっ」

吸い付きながら引いた唇をもう一度押し込め、速さを増していく。その度にジュプジュプと淫猥《いんわい》な音が立ち、いつしか夢中になって高木の腰に縋り付いていた。

「佐々倉……、っあ、佐々倉」

自分を呼ぶ声に応えるように唇を動かした。高木が真寛を呼ぶ。無心に頬張っているこれが、高木のものなのだと声が教える。目を閉じ、舌で感じ、声を聞いた。

撫でてくる掌の重みが温かい。閉じた瞼《まぶた》の奥が更に霞んだ。

呑み込んだそれが喉奥を突いてきた。

「ん……、ん、ふ、……っ、ん」

眉根を寄せ、苦しさに耐えていると、両手で頬を撫でられた。上から聞こえる息遣いは激しく、だけど真寛を気遣っているような気配に、寄せていた眉根を解き、身体の力を抜いた。

強く吸い付きながら引き、カリを舌で撫で回し、それからまた一気に奥まで呑み込んだ。

「ああっ、くっ……」

激しい動きに高木が喉を詰める。同じ動作を繰り返すうちに、頬にあった手が再び髪を強く摑んだ。喉奥まで引き込んでも、更に奥まで行こうとするように押し付けてくる行為に、気遣いを忘れ、高木が快感に流されていることを知った。挑発するようにますます動きを速めていく。

「出すぞ……佐々倉、……っ」

苦しそうな声で高木が言った。髪を摑んでいる指に力が籠《こも》る。

「……く、ぅっ……っ、は、っ、は……ぁっ」

荒い息と共に喉奥に押し込まれたそれが動きを止め、爆発《ばくはつ》した。

口に広がる青臭《あおくさ》い液体を、零さないように唇を窄めたまま受け止め、高木の息が収まるのを待った。中で力を失っていくモノを、汚れを舐め取るようにしながらそっと引き、口内に残る残滓《ざんし》を飲み込む。

「……慣れてるんだな」

スーツを汚さないように口で受け止めた真寛に、大人しく身を任せていた高木がそんなことを言った。

「そんなわけがないだろうっ」

カッときて思わず叫んだ真寛を、高木が見下ろしていた。その顔にはさっきのような皮肉な笑みは浮かんでいなかった。だけど険しく寄った眉が不快そうで、胸に杭《くい》を打たれたような痛みが走った。

軽蔑されている。

命令を下され嫌々従いながら、躊躇《ちゅうちょ》もせずに残滓まで飲み込んだ真寛の姿が、嬉々《きき》としたものに映ったんだろうか。いつもこんなことをしていると。

高木にそんな風に思われるのは堪《たま》らない。

「本当に……。職場でこんなことはしたことがない」

以前、残業中に仕掛けられたことは本当だが、最後の最後で抵抗したのだ。今日のような際どいところまではいかず、涌沢の行為もまだ悪戯の領域だった。今いる狭い空間ではない社内のフロアで、そんな大胆な行為をする度胸なんかない。

言い返す真寛に高木は冷たい目を向け、それからふい、と横を向いた。真寛が必死に否定をしようが、この男には関係がないらしい。それに、一度もしたことがないとは言えないのだ。そのたった一度を高木に見られてしまったのだから。

顔を背《そむ》けてしまった高木の表情は見えない。跪《ひざまず》いていた身を起こし、真寛は立ち上がりながら固い横顔に向けて声を掛けた。

「とにかく、……これで気が済んだだろう。アプリ、消せよ」

従わなければ上にバラすという高木の脅しに屈したのだ。これで先ほど高木が見たことはなかったことにしてほしい。

「まさか。これからだろ」

それなのに、高木はそう言ってこちらを振り向いた。口元は笑みを浮かべていて、だけど真寛を見つめる瞳は笑っていなかった。

「約束が違う」

「約束？　俺はおまえが、どんなヤバいことになるのかが見たいって言ったんだよ。まだ見ていない」

目を見開く真寛に、高木が近づいてきた。

「そうだな。見せてくれよ。……自分でしてるとこ」

口にされた容赦のない要求に驚き、言葉が出てこずに、唇が戦慄《わなな》いた。

「このままじゃきついだろう。涌沢さんは途中でいなくなるし、それに、今のでおまえだって……」

茫然《ぼうぜん》と立っている真寛の身体を舐めるように高木が視線を下に移した。

「涌沢さんの言う通り、このままフロアに帰れないだろ？」

反発するように顔を逸らす。涌沢に追い上げられ、絶頂寸前で置き去りにされた身体は、高木に奉仕したことにより、静まるどころかますます熱を帯びている。それを見透かすように高木に揶揄《やゆ》されて、恥ずかしさで叫び出しそうになった。

「やってみせろよ。俺の目の前で。そうしたら録音した声を消す」

高木の声には有無を言わさない強さがあった。逃げ出すことも許さず、真寛が従うまでテコでも動かない意思が感じられた。

「高木……」

信じられない。これがあの高木なのか。同期の中では断トツに優秀で、愛嬌《あいきょう》のある性格で上にも可愛がられている。事を収めるのが得意な高木に真寛も庇《かば》われたことがあった。真寛が反発しようがどこ吹く風で、度量の大きさに悔しい思いをしながらも、それでも助けられたのだ。その高木が今、冷酷な目をして真寛を見下ろしている。

「ズボン下ろせよ。ちゃんとこっちに見えるように」

腕組みをした高木が言った。震える手で先ほど身支度をしたスーツをまた、自分の手で緩めていく。

「時間なくなるぞ。いくらなんでも遅過ぎるって、探しにこられたらまずいだろ？」

言われた通り、下着ごと太腿《ふともも》までスラックスをずり下ろす。刺すような目をした高木が先を促すように顎をしゃくった。自分を脅している男の目の前で、晒された自身を握った。

「……っ、ぅ」

僅かに芯を持ったペニスを扱いてみるが、それ以上は育たなかった。人の前で自慰《じい》をするなんて経験はなく、こんな姿をこの男の前に晒していること自体がショックで、集中できない。

「あ、……っ、く、ぅ……」

目の前に立った高木は、真剣な目をして羞恥に震える真寛の姿を眺めている。食い入るように見つめられ、腕を緊張させたまま、息だけが漏れる。二人とも動こうとせず、屈辱の時間は途方もなく長い。

「無理だ……っ、高木……できない」

目の奥が熱くなり、唇が震えた。握っている右手は自分の意思では動かすことができず、だけど従わなければ終わらせてもらえないという思いで、硬直したまま離すこともできない。

「……高木、うぅ……っ、高木」

喘《あえ》ぐように目の前にいる男の名を呼ぶ。どうすることもできずに泣き出す寸前のような声が出た。高木が一瞬顔を歪《ゆが》め、小さく舌打ちをした。「……くそっ」と吐き出すような声が聞こえ、ビクリと身体が強張る。

「う、……っ」

苛立《いらだ》つ声にそれでも身体が動かない。突然、高木が近づいてきた。目の前に迫ってきた大きな身体に抱き込まれる。

「……ぁ」

肩に顔を埋《うず》めるような形で高木に抱かれている。下半身に伸びてきた腕が真寛の手の上に置かれ、柔らかく握られた。

「……そのまま」

真寛の手を包んだ分厚い掌で、促すように上下された。その力に素直に従い、何も考えずに動かしていく。

「ん、ん」

ゆっくりと誘導するような動きに目を瞑ったまま従った。

高木の肩が僅かに動き、二人の身体の間にほんの少しの隙間ができた。頬に息が当たり、高木が見つめているのを感じた。高木が真寛の下半身を確かめている。

「……あ」

見られているという羞恥に、また止まってしまった手を退けられ、高木が真寛のペニスを直《じか》に包んできた。柔らかく握られ、指で形をなぞってくる。

「ふ、っぅ……」

ゆっくりと上下され、どうしようもなくそれが芯を持つ。目を開けることができずに、高木の動きに身を任せた。息が漏れ、瞑ったままの瞼の奥が赤く染まった。

「んん、……ぁ、ぁ」

口を開いてしまうと、溢れ出た声が抑えられなくなった。口に両手を当てて声を殺す。無防備に身体を差し出し、下半身を弄《もてあそ》ばれている。真寛を見つめている気配は消えず、頬に当たる息が熱かった。高木の手の中のモノがますます芯を持ち、クチュ、という恥ずかしい水音がした。

「んんぅ、……は、あ」

耳に忍び込む、自分の立てる水音を消すように、また声が上がってしまう。親指で濡れた先端を抉《こじ》るように撫でられると、大きな溜息と共に顔が跳ね上がった。

恐る恐る目を開けると、怖いくらいに真剣な高木の視線とぶつかった。至近距離にある唇が真寛の耳を掠《かす》め、その刺激に感じてしまい、甘い声が漏れた。

「ぁ、……高木、も……、ぅ」

何度も途中で中断された熱は出口を求めて膨張《ぼうちょう》している。

「スー……ッ、汚れる……あ、あ、高木」

限界が近づいていることを知らせ、自分に手淫を施している男の腕を摑んだ。

「……待てるか?」

優しい声が耳元でした。唇を嚙み、小さく頷く。右手は真寛を包んだまま、高木の左手が動いた。布の擦れる音がして、次にはふわり、と乾いた感触が真寛を包んだ。

「いいぞ……」

高木の身体が近づき、もう一度強く抱き込まれる。

我慢していたことを褒めるように、背中を撫でられた。布に包まれた上から、また高木が扱いてくる。頬に当たった唇が、次には耳に滑り、そこで止まる。柔らかく押し付けてくる仕草が、キスをされているようだと思った。

限界に近い身体は、触れてくるどんな刺激にも敏感に反応し、高まっていく。

「あ、あっ」

自分を抱き込んでいる腕に縋り、そのまま頂点へと向かった。

「は、っあぁ……っ」

唇を戦慄《わなな》かせ、きつく目を瞑りながら天井を仰《あお》いだ。高木が見つめていることを承知で、達する表情を晒している。包んでくれた布の中に放出し、腰が細かく震えた。

真寛の身体を抱き込んだまま、真寛の呼吸が落ち着くのを待つように、高木は動かない。真寛も高木の腕を摑んだまま、動けずにいた。

「ん……ふ……」

やがて激情が去り、呼吸が落ち着いてくると、俄《にわか》かにパニックが襲ってきた。自分は今誰の腕に摑まっているのか。それは、真寛を脅し、目の前で自慰をしてみせろと強要した男の腕だった。

摑んでいた指を離し、頭を付けていた胸を強く押した。一瞬引き寄せられ、ハッとしたように高木の腕が背中から離れた。

急いで背中を向け、衣服を整える。自分の身に起きた出来事が信じられなかった。何をしてしまったのか。脅され、従わされるままに、死ぬほどの恥ずかしい姿を晒してしまった。しかも一番見られたくない相手に。

混乱は収まらず、身支度がすべて終わっても、身体を固くしたまま茫然としていた。後ろに立っているはずの高木も、物音一つ立てない。

「気が……済んだか」

気に食わない同僚を陥れ、こんな仕打ちをしてさぞ爽快《そうかい》な気分だろう。

「佐々倉」

「言うことを聞いたんだからこれでいいだろっ、もう行けよ！」

高木の声を掻き消すように怒鳴《どな》った。

「早く出ていけよ。行ってくれ、……行けってっ！」

振り向かないまま恨《うら》みの籠った声で叫ぶ。その場に蹲《うずくま》って泣き出したいほど恥ずかしく、悔しい。だけど高木の前でそんなみっともない姿を見せたくない。

高木が動く気配がした。カツカツと、靴音《くつおと》がドアに向かっていく。内鍵が開けられ、重いドアが開く音がした。

「今夜、おまえんちに行くから」

「なんで……っ、約束が違うっ」

驚いて叫ぶ真寛に、出ていこうとした背中が止まった。僅かに首を捻ってこちらに向けた横顔からは、感情が何一つ窺えない。

「高木っ……！」

強張った頬を無理やり吊り上げるように高木が笑った。

「気が変わった。とにかくおまえんち行くから。……続き、しようぜ」

有無を言わさぬ声を残し、静かにドアが閉まった。

一人置き去りにされ、茫然と立ち尽くす。何が起こったのか未《いま》だに信じられなかった。

あの高木が……。

冷淡な声が耳に残る。見下ろされた目は、見たこともないほどの険を帯びていた。今までも決して良好な関係だとは言えなかったが、まるで別人のような高木の姿だ。

どうしてこんなことに。

手で顔を覆《おお》い、ゆっくりと撫でる。頬が熱く、肌に触れる自分の指先が凍ったように冷たく感じた。去り際の高木の横顔と声がグルグルと頭の中で回る。

同時に、新人研修が始まったあの日、初めて高木と出会った時のことを思い出していた。

※

「佐々倉君だよね。同じグループの」

入社式を終え、その足で研修施設のある伊豆高原《いずこうげん》へ移動した。四月初旬の高原はまだ寒く、説明会場には暖房が入っていた。

説明会を終え、席を立とうとした真寛に声を掛けてきたのが、高木夏彦だった。

立ち上がりながら、にこやかに自分を見つめている男を見上げた。キリッとした眉の下の瞳が柔らかく、爽やかな印象だ。背が高くガタイがいいが、ほんの少し首を傾《かし》げるような仕草で見下ろしてくるから威圧感がなかった。

高木の後ろには、同じグループのメンバーだろう三人がすでに控えていた。男性二人に女性が一人。三泊四日の合宿の後も、一ヵ月の研修期間中はこの五人で行動することになる。挨拶《あいさつ》を交わしながら、へえ、と思った。自己紹介と共に後ろにいるメンバーを紹介している高木は、すでにリーダーシップを取っている。嫌味のない態度に、周りも反感は持っていない様子だ。

こういう人間がいてくれるのは有難《ありがた》いと、素直に思った。グループ行動も、まして人を纏《まと》めたりするのも真寛は苦手だ。

メンバー五人の顔が揃《そろ》い、さっそくこれからの相談をする。

合宿の最終日にはグループごとの発表があった。研修の最後にも総まとめとしてのグループ発表があるが、それとは違い、要は宴会芸《えんかいげい》のような軽いノリのものらしかった。

「何かアイデアある?」

自然と司会役を買ってでた高木が意見を求めて真寛に目を向けた。

「たった四日で凝《こ》ったものができるとは思えないし、例年に倣《なら》った無難なものでいいんじゃないか」

臆《おく》することなく意見を言う真寛を見つめ、同意するように高木が顎を引いた。

「そうだな。スケジュールはびっちりだし、夜は夜できっと飲むんだろうから。時間はあんまり取れないよな」

日程表を確認しながら高木が言い、真寛の隣に座っていた斉藤《さいとう》という男が大袈裟《おおげさ》な溜息を吐いた。

「本当だよ。『体操』とか『山登り』って……。林間学校かよって感じだよな。合宿終わってからだって研修はあるんだからさ、だったら合宿は合宿でコミュニケーション養成期間ってことでイベントメインにしてくれよ。飲み会とか飲み会とか、な」

ふざけた調子でそう言って、もう一人の新見《にいみ》という男も同調するように頷いた。

「今急いで演目決めなくても、夜飲みながらでもいいんじゃないかな」

「だな。そうしようぜ。そのほうが意見も言いやすいし。だいたい来ていきなり発表ってのも困るよなあ。意味分かんねえ。せめてテーマくれよ。何やっていいか分かんねえじゃん」

「自主性とコミュニケーション能力を問われているんだと思うけど。『意味分かんねえから できない』じゃ、研修の意味がないと会社も思っているんじゃないか？」

椅子《いす》をがたつかせて初っ端《しょぱな》から研修のやり方に文句を付け始めた斉藤に、真寛も意見を言った。

「それから夜飲みながら話し合えばいいって言うけど、せっかく今時間があるんだから、ある程度は決めておいたほうが俺はいいと思う」

研修が始まってしまったらどう時間が取れるか分からないし、それに真寛自身は、できればそういう飲みはなるべく遠慮したかった。

「酒が入らないと意見も言えないのは困る」

真寛の声に、新見と斉藤が呆気《あっけ》にとられたような顔をした。沢木《さわき》というただ一人の女性は、一言も発せず、下を向いて日程表を眺めたままだ。

「……そういう意味で言ったんじゃないけど。分かったよ。じゃあ続けよう」

斉藤が明らかに気分を害した声を出し、その場がシンとした。少し言い方がきつかったかと思ったが、間違ったことは言っていない。だいたいこれくらいでへこまれても困る。

「とにかく研修期間は長いんだから、これから……」

いきなり甘えたことを言っていないで気を引き締めていこうと言おうとした声を、トントンと机を叩く音で遮《さえぎ》られた。高木が持っていた冊子を机に当て、整える仕草をしている。

「うん。研修期間は長い。だから気楽にいこう。会社もすぐに順応しろなんて無理は言っていないよ。そのための研修期間なんだからさ。まあ、最初は緊張するよな、どうしても」

そう言って呑気に笑った。一瞬険悪になりかけた空気が、高木の声で立て直される。

「歌とか大声出したりするのって単純だけど普通に場が盛り上がるらしいよ。他には真面目なところで、研修で学んだこととの途中経過とか、今日まで身に付いたこと、とかね」

話を聞いていると、どうやら高木はこの合宿やその後の研修について、事前に社の先輩などから話を聞いてきているらしかった。

「じゃあ、取りあえず一人ずつアイデアを出していこうか。特技があったらそれでもいいよ。一発芸とか。斉藤どうだ？　そういうの得意そうだけど」

高木に水を向けられた斉藤が、「ないない」と笑いながら手を振った。

「今佐々倉が言ったみたいなんでいいんじゃね？　テキトーにさあ」

「俺は例年に倣った無難なものって言ったんだ。いい加減でいいっていう意味じゃない」

斉藤の言葉を訂正すると、斉藤が「はいはい」と面倒臭そうに返事をした。周りが苦笑し、嫌な空気が流れた。

「他には？　具体的な案言ってよ」

間を取り成すように高木が言い、顔を向けられた沢木が俯《うつむ》く。

「なんかない？　思い付きでもいいし」

優しく促す高木は教師のようだ。こんな風に扱われないと意見も言えないのかと、冷ややかな気持ちになる。新見もまるで他人事《ひとごと》のようにまた関係ない話を始めるし、前途多難だと溜息が漏れた。

「……人前に立つのがあんまり得意じゃなくて。アイデアも特に……、歌とかそれぐらいしか思い付かなくて」

「うん。それでもいいよ」

「歌はあ、勘弁」

また斉藤が茶々を入れてきた。

「勘弁っていうならちゃんと代案言えよ、斉藤」

高木が窘め、「悪い」と斉藤が謝った。

「音痴は音痴で場が盛り上がるぞ」

「音痴じゃねえよ」

真寛が意見をした時には空気が凍り、高木の声には皆が耳を傾ける。この差は何処からくるのかと、目の前で意見を纏めようとしている男を観察していた。決定的な差があるとは思えない。だけど真寛は人の神経をささくれさせ、高木は包むようにしながら開かせる。こういうのを人望があるというのだろうかと、笑っている男を眺め、考えていた。

「なんかこう、簡単でパッとした感じのないかな」

例えが曖昧《あいまい》過ぎてよく分からない意見をまた斉藤が言う。この辺からもう真寛は諦《あきら》めの境地に入っていた。斉藤、新見、沢木の意見は意見と呼べるものではなく、沢木に至っては決まったものに従うという丸投げの様相だ。

「ちょっといいかな」

雑談を遮って話を先に進めることにした。

「この合宿のレポートの発表でいいんじゃないか？」

どうせ一か月後の研修終わりには総まとめの発表がある。その中間報告のようなものを作り上げ、この四日間で得たこととでもタイトルを付けたらどうかと提案した。

「えー、レポートとか纏めてる時間ねえよ。そういう真面目なのは大変だぞ」

早速斉藤が情けない声を上げた。

「レポートは俺が作るから。直前に渡せばいいだろ？　暗記する必要もないし、読み上げるだけだ」

どうせ夜は飲むんだろうし、真寛はそれには参加せず、レポート制作をすればいい。好きでもない酒を飲み、くだらない馬鹿話に付き合うよりそのほうがよほど気楽だ。

「それじゃあ佐々倉が一人でやるわけじゃん？　なんかそういうのって……」

「いいよ。そのほうがロスが少なくて済む。また夜集まったってどうせ決まらないだろうし。時間が勿体《もったい》ない」

真寛の余計なひと言に、斉藤がこちらを見た。

「でもさあ、研修レポとか面白くないよな」

「パッとはしてないけど印象は悪くないと思う。今高木もそういう発表もあったって言ったじゃないか」

「んー、そうだけど。やっぱりなんか面白くなくね？」

また代案もなしに人の意見に難癖をつけてくる。さっきの沢木に対する冗談半分の茶々と違い、ただ真寛の意見を受け入れたくないだけなのだというのも分かったが、もうどうでもよかった。

「そうだな。他にいい案があるならそれに従うよ。意見が出ないようだったから自分の意見を言っただけだ」

斉藤を真っ直ぐに見据えてそう言うと、斉藤はバツが悪そうに目を逸らした。

「……あー、時間がないな。じゃあ、佐々倉の提案を第一候補として、また集まろう」

高木の一声で解散になった。高木と真寛を残し、他の三人が早々に席を立つ。日程表をしまっている真寛の前で、高木が苦笑した。

「悪かったな。ちょっと庇うタイミングが見つけられなかった」

慰《なぐさ》めるような言葉にムッとする。空気を切り裂いてしまったのは確かだが、ダラけた話し合いに真寛もガッカリさせられたのだ。それを「庇えなかった」などと言われ、気持ちが硬くなる。

「別に気にしていないから」

「そう？　ならよかった。まあ、これからよろしく」

そう言って、高木が立ち上がった。

「こんな感じで大丈夫なのか？　あいつら全然やる気ないみたいだし」

発表の内容などの議題に関しては意見を言わず、雑談になると花が咲く。特に斉藤のようになんにでも茶々を入れ、話を横道に逸らすような行為を真寛は好きではなかった。

「大丈夫だろ。というか、むしろ心配なのは佐々倉のほうだと思う」

え、と顔を上げる真寛を、高木が見下ろしてきた。

「話したのなんか今日が初めてで、しかもたった数分だろ？　それでやる気ないとか決めつけるな。自分が損するぞ」

運動部にでも所属していたのか、大きい身体は姿勢がよく、スッキリと立っている。太い眉は意思が強そうで、柔軟な目はそれでも光が強い。それが真っ直ぐに真寛に注がれる。

「ああいう言い方されたら出せる意見も出せなくなる」

「いちいち言いやすい空気を作ってやんなきゃ意見も言えないのか？　それはないだろう」

「もう学生じゃないんだからさ、少しは周りに合わせろよ。空気凍るから」

静かな声は決して否定的には聞こえてこないが、不思議な迫力があった。

「……学生気分が抜けてないのは俺じゃないと思うけど」

心外なことを言われ、低い声が出た。高木が困ったというように苦笑したのにも腹が立つ。

「斉藤たちが学生気分だってのはそうだし、俺だってまだ自覚しているわけじゃない。だけど、佐々倉だってそうだよ。職場で上司や先輩にあんな風な意見の仕方できないだろ」

あいつらは先輩でも上司でもない、という反論は封じられた。

「相手がどの立場でも空気を読むのは大事だと俺は思う。言い返さなかった斉藤のほうが大人だった。自分で言っただろ。コミュニケーション能力を問われてるって」

ムクムクと反発心が頭を擡《もた》げてくる。初対面で頭の切れそうな男だとは思ったが、こんな風に断定される謂《いわ》れはない。

「とにかく、上手くやっていこうよ。こんな初っ端で躓《つまず》きたくないだろう」

にこやかな笑顔を作り、そう言ってくる高木を無言で睨んだ。

口の利き方で失敗してしまったことは今までもあった。協調性がなく、いらない敵を作ってしまう。人をすぐに決めつけるなと言った高木は、真寛の欠点をこの短時間で発見し指摘してきた。真寛が『初っ端から躓いた』と、この男が思っていることがまた悔しい。

「……努力するよ」

こんなことで誰が躓くものかと拳を握る。席を立ち、立っている高木の横をすり抜けて、早足で会場を出ていった。

ギクシャクした雰囲気のまま、研修がスタートした。

傍目《はため》は五人での行動だったが、その中で真寛は完全に孤立した。斉藤と新見と沢木は真寛を遠巻きにし、間に高木が入ってくるが、今度は真寛が余計なお世話とばかりに突っぱねる。やる気のない者に迎合してまで仲よくなりたいとも思わなかった。

結局、合宿の仕上げのグループ発表は、社訓を早口言葉や節を付けて謳《うた》い上げるというようなものになり、単純故《ゆえ》に分かりやすく、パフォーマンス性の高い出し物は大いに盛り上がった。

高木の提案によるものだった。

話があるからと呼び出されたのは、フリースペースとして使われているフロアだった。

合宿を終え、真寛たちは都内にある研修センターに通っていた。午後の研修を終え、課題のレポートを提出してからそこへ行くと、三人が真寛を待っていた。高木の姿はない。

「高木は？」

研修最後の発表のことかと思ったが、だったら高木がいないのはおかしい。真寛が聞くと、用事があってすでに帰ったということだった。

「で、なに？」

穏やかな話し合いではないとはすぐに察しがついたが、その内容は見当もつかない。グループ内の険悪な空気は変わらないが、それなりに研修はそつなく進んでいる。

「おまえ、指導講師に何言った？」

意味が分からず、低い声を出す斉藤を見返した。斉藤の目の縁は、怒りのためなのか少し赤みが差している。隣に座る沢木は今まで泣いていたのか、完全に目が赤かった。

「沢木さんが注意受けたんだってよ」

聞けば、研修に於《お》ける沢木の消極的な態度を指摘され、もう少しグループに貢献するようにと意見されたらしい。

「それで俺が講師に告げ口したからって思ったのか？」

目を腫《は》らして俯いている沢木を一瞥《いちべつ》し、大袈裟に溜息を吐いた。

「なんだ、そんなこと……」

沢木の態度は研修の初日から進歩を見せず、右へ倣えの態度そのものだった。告げ口などしなくても、指導する立場の者から見たら一目瞭然《いちもくりょうぜん》だろうに。

「やっぱり言ったんだな。おまえ、わざわざそんなこと言う必要ないだろうが」

強い口調で糾弾《きゅうだん》され、黙って横を向いた。

告げ口なんかもちろんしていないが、言っただの言わないだのと小学生のような言い合いをするのが馬鹿らしかった。

「注意されたんなら、これから気を付ければいいだけの話だろ。それで人を呼び出して、告げ口の真偽を確かめてどうするんだ？　俺に謝らせたいのか？」

沢木に向かってそう言ったら、唇を震わせて深く俯かれてしまった。

言い過ぎたかとチラリと思ったが、口から出てしまったからには後の祭りだ。高木がこの場にいないことも災いした。あいつがいたら上手く収めてくれたかもしれないのに。

一瞬そんなことが過《よぎ》り、すぐさま否定した。高木に頼ってどうするのだ。

「とにかく俺はそんなことは言っていない。信じないのは勝手だけど」

また余計なひと言を言ってしまったと自覚しながら立ち上がった。


「どっちがいい？」

一日の研修が終わり、その日の行動評価を付けている時だった。書類を広げ、ボールペンを走らせている上に、お握りが二つ転がってきた。顔を上げると高木が立っていた。

「昆布《こんぶ》と梅干し。どっちか選べよ」

座っている真寛を覗き込みながら笑っている。造作《ぞうさ》の大きい容貌《ようぼう》は相変わらず穏やかで、少し厚めの唇からは白い歯が覗いていた。

「発表のまとめ、残ってやっつけちまおうって。会議室借りてるんだ。おまえも来いよ」

研修も終盤《しゅうばん》に差し掛かっていた。グループ発表はテーマも決まり、今はそれぞれが分担した内容を制作している時期だった。あとは発表時間を調整し、まとめ案を作ればいい。

「鮭《さけ》は取られたから。俺は肉巻きお握りが食べたかったんだけどな。この二個だけ奪取してきた」

屈託なく笑い、早く選べと言ってくる。

「いいよ、俺は」

「腹減るだろ？　まあ、お握り一個じゃ足《た》らないけど」

「だからおまえが二個食べればいいだろ」

買ってきた数の中に真寛は入っていない。会議室を借りたことも、グループで残ることも今聞いた。誰が買ってきたのかは知らないが、用意された夜食は四人分なんだろう。

「おまえじゃないんだろ？」

素っ気ない返事をして再びレポートに目を落とした真寛に高木が言った。

沢木のことについて告げ口しただのしないだのという言い合いがあったことを、聞かされていたらしい。

「さあ。あっちは俺が告げ口したと思い込んでるんだから一緒だろ」

「そういうのよくないぞ」

「何が」

「誤解なら誤解だってちゃんと弁解しろよ」

「弁解したって信じてもらえないんだから仕方がないじゃないか」

「開き直ってんじゃねえよ。そういうところを億劫《おっくう》がるのは佐々倉の悪い癖だ」

人を分析して何を上から物を言うのかと、高木を睨み上げた。

「俺は誤解されやすい質《たち》だから仕方ないって自分で思ってんだろ。それでいいことあるか？分かってもらう努力もしないで、誤解されてキレるのは怠慢《たいまん》だと思うぞ」

真っ向から指摘され、反発心しか生まれてこなかった。言われたことが図星過ぎて、まず素直に認められない。

「とにかく。斉藤たちには俺が説明しておくから。なんとかやっていこうぜ」

今度は優しい声を出して宥めてくる。

まるで真寛がトラブルメーカーで、高木にその尻拭《しりぬぐ》いをさせているようだ。それはとても屈辱的なことだった。

「で、お握り。どっち選ぶ？」

「本当にいらない。梅干しも昆布も嫌いだから」

「……おまえなあ」

切って捨てるような真寛の返事に、高木が溜息を吐いた。口元はまだ微笑んでいて、仕方のないやつだと呆《あき》れているようで、性懲《しょうこ》りもなく腹が立つ。

「全体のまとめはまだ先なんだろ？」

「ああ。今日は自分のところをまあ、それぞれ片付けようって感じ」

お握りを突き返された高木は、それでも笑顔のまま真寛の質問に答えた。器が大きいのか、真寛に同情しているのか。どちらにしても誘いに乗る気持ちにはなれない。

「じゃあ、俺は家でやるよ。そのほうが捗《はかど》るから。纏める時に呼んでくれ。その時には出るから」

「分かった」

書類の書き込みを終わらせて帰り支度をする真寛を、高木は暫《しばら》く見つめていたが、やがて諦めたようにして、そこから立ち去った。

帰りの電車に揺られながら後悔《こうかい》する。さっきのような場面は今までもあった。声を掛けられ、意見を聞かれ、だけどその度に撥《は》ね付け、一人になってからこうして後悔するのだ。人付き合いは苦手だった。我が強く、人と衝突することは多くても、だけどここまで意固地な行動にでることもなかった。どうしてなのか。

流れる車窓を眺めながら、高木の笑った顔が浮かんでくる。

あいつのせいだ。いや、そうではない。自分だ。真寛がただ悔しいのだ。勝手に勝負を挑み、勝手に負け、それを認められないでいる。

初っ端から躓くなという高木の予言は的中した。真寛は確かに躓いて、挽回《ばんかい》できないまま更に自分から泥沼《どろぬま》に足を突っ込んでいったのだ。引き上げようと何度も手を伸ばされ、その度に撥ね付けまた沈んでいく。分かっていて手を取れない自分が歯がゆく情けなく、悔しかった。

研修の初日に戻りたいと思った。そうしたら二度と失敗をしないのに。悔《く》やむ気持ちはあっても、では明日から変わる努力をしようという気持ちには、どうしてもなれなかった。

喧噪《けんそう》の中、真寛は一人でそこにいた。

乾杯の声を聞いてからすでに一時間以上が経過している。真寛は今、本社主催の新人歓迎会の席にいた。本社内の大会議室を宴会場にしたそこでは、五十人以上の人がグラスを片手に歓談している。

配属先での勤務が始まり、数日が経っていた。

真寛の配属先はシステム部の中でも希望とは違うシステムサポート課だった。斉藤と新見は都下の営業所、沢木は本社の会計課に納まった。高木は本社の営業部第一課だった。

覚えることは膨大にあり、研修で習ったことはまだ活《い》かせるという段階にも至っていない。まず職場に馴染《なじ》むことが第一で、その馴染むということが真寛にとって一番難しく、未だ緊張の毎日が続いていた。

乾杯に引き続き、人事課の専務の挨拶を聞いた。緊張の自己紹介も終わり、場は砕けた雰囲気になっていた。開始当初は一団に固まっていたシステムサポート課の人たちも今はばらけ、それぞれ自分が落ち着く場所で会話を交わしている。

そんな中で真寛は何処の一団にも入らず、一人会場を見回していた。所在ない心持ちと、気を遣わなくて済む気楽さでホッとしているところもある。

こういうところが駄目なんだよな、と笑い声を上げている一団に視線を向けた。新人なのだから、自分から積極的に入っていかなければならないと、頭では分かっているのにそれをしない。臆しているのではなく、億劫なのだ。

本社勤務になった新人は他にもいて、会場にはちらほら見知った顔もあった。研修グループの中では真寛と高木だけで、その高木は会場内を忙しく動き回り、頭を下げていた。スーツ姿の集団の中、姿勢のいい長身と、新人らしい初々《ういうい》しさが目を惹《ひ》いていた。挨拶を受けた誰もが高木に好印象を持っているというのが傍目からも窺える。羨《うらや》ましいと思う。

「大丈夫か？」

目で追っていた高木が近づいてきた。勤務が始まってから、顔を見ることはあっても会話をするのは初めてだった。たった数日のうちに、スーツがかなり様になっている。こちらに向けている顔は相変わらず爽やかで、だいぶ飲んでいたようなのに顔色も変わっていない。

「顔が赤いぞ」

その高木に自分の顔色を指摘されてムッとする。

「会場が熱いんだよ。平気だ」

屈《かが》むように覗いてこられて、反射的に顔を逸らした。

「おまえ、ずっと飲んでばっかりいるだろ」

新人のくせに自己アピールもしないで突っ立っているだけなのを咎められたのだと思った。

「初っ端から失敗するなよ？」

「……どういう意味だよ」

合宿の最初に予言された言葉が蘇り、低い声が出た。同期の高木に心配される謂れはない。

「だから、ほら、よくこういう新人歓迎会で酔《よ》っ払《ぱら》って伝説作るっていう例があるだろう」

「俺はそんなことはしない」

酒は好きではないし、学生の時も醜態《しゅうたい》を晒したことなどなかった。

「そういう過信が悲劇を呼ぶぞ」

からかうような口調にムカムカと腹が立った。持っていたグラスを呷《あお》り、隣で笑っている顔を睨み付ける。

「ほら、いつもよりピッチが速い」

「いつもっていうほど高木と飲んだ覚えなんかない。放っとけ、馬鹿」

反論する真寛に高木は一瞬驚いたように目を見開いた。

「大丈夫か？」

また同じことを聞かれ、無視してテーブルにあったビールを手酌《てじゃく》しようとしたら、瓶《びん》を取り上げられた。何をする、と睨む真寛に高木が苦笑しながらビールを注《つ》いでくる。

「まあ、あと少しで終わるしな。おまえ二次会には行かないんだろ？」

この歓迎会のあとは、各部署での二次会があると聞いていた。強制ではないから断ろうと思っていたが、高木に行かないと決めつけられたからまた腹が立った。

「行くよ。新人なんだから」

酒で交流を持つ行為は得意ではないし、そういった考え自体好きではないが、ここは会社だ。郷《ごう》に入っては郷に従えだろうと、二次会に参加することを今決めた。そんなことを思う時点で自分が相当酔っていると自覚するべきだった。もともと酒の席が嫌いだったから、限界を超えて飲むといった経験がなかった。従って自分の許容量というものも知らない。

「佐々倉。無理するなよ」

その言葉を聞いて、無理してでも行こうと、固く決心した真寛だった。


後悔はすぐにやってきた。

本社を出て、二次会会場である店に入ったまではちゃんとしていたと思う。座って乾杯をした辺りから、強烈な眠気がやってきた。

それでも高木に忠告された通り、醜態を晒すのだけは避けようと、懸命に顔を上げていた。話し掛けられ、答える声が大きいと自分でも思ったが、自覚できているから大丈夫だと思った。相手の声も大きかったし、真寛の態度に表情を変えた様子もない。

とにかく店を出るまではと、それだけを考え耐えていた。

店を出て、挨拶をし、全員を見送った。ポンと肩を叩かれ「大丈夫かい？」と聞いてくれた人は真寛の直属の上司だったが、名前が思い出せない。とにかく早く帰ってくれと願いながら頭を下げた。どんな挨拶の言葉を発したのかも覚えていない。

一人になると、ドッと力が抜けた。取りあえずこの場を乗りきったことにホッとした。ざまあみろと、初っ端から伝説を作るなと、からかうように忠告してきたライバルに心の中で毒づいて、真寛も歩き出した。

目の前がグラグラしている。このまま電車に乗るのは危険だと判断し、道の脇《わき》にあった自販機の前に立った。

まだ大丈夫。酔いを醒《さ》まし、少し休んでから帰ろう。小銭《こぜに》を二回ほど地面に転がしながら、ようやくスポーツドリンクを買った。

一気に半分ほど流し込み、ふう、と溜息を吐いた。冷たい液体が喉を通り、食道から胃に落ちていく感覚が心地好《よ》かった。

今ドリンクを買ったばかりの自販機に凭れ、一瞬目を閉じる。先輩や上司に失礼はなかったかと考え、取りあえずは大丈夫だっただろうと、欠伸《あくび》をしながら胸を撫で下ろした。

本社での一次会が終わる頃、システムサポート課の先輩のもとへ行き、二次会に参加する旨《むね》を告げた。それを聞いた先輩は一瞬驚いた顔を見せ、それが嬉しそうな笑顔になっていた。

二次会でも相変わらず気の利いたことも言えず、ただそこにいただけだったが、それでも参加してよかったと思った。

高木への対抗心で無理やり参加したようなものだが、今回はあいつに感謝してやってもいいなどと、酔っ払った頭でそんなことを思い、知らず笑っていた。

考えてみれば、研修の時から高木は間違ったことは何一つ真寛に言っていない。ただ自分が素直に聞けなかっただけだ。

「なんかもう……。なんでこうなんだろうな」

自販機に寄り掛かったまま独り言を吐き、半分まで飲んだボトルの残りを飲み干した。

ふわ、と身体が浮き、真寛は目を開けた。

誰かが真寛の腕を摑んでいる。引き上げられ、立ち上がった。そこで初めて自分が地面に座り込んでいたことを知った。

スポーツドリンクを飲み、少し休もうと思ったところからの記憶がない。

「……あ、すみません」

咄嗟《とっさ》に出した声は、自分の声ではないみたいだった。音が頭の中でもんもんと響き、呂律《ろれつ》が回っていない。何が起きているのか分からなかった。

腕を摑んでいた手が背中に回り、身体をしっかり支えられて歩かされている。目の前が揺れて、顔が上げられなかった。目を閉じると赤黒い模様が瞼の中でグルグルと回り、気持ちが悪くなった。

「……住所、言える?」

聞かれて懸命に声を出す。気が付いたらタクシーの中にいた。知らない人に抱えられ、タクシーに乗せられて、送られているようだった。

すみませんともう一度謝ろうとするが、強烈な吐き気《はけ》に襲われ、口がきけなかった。両手で口を押さえ、懸命に堪《こら》える。走る車の振動で胃の中が掻き回されるようだ。

運転手が何か言っている。咎めるような声は、真寛がここで粗相《そそう》をしないか心配しているようだった。

不意に、頭を撫でられたかと思ったら、ゆっくりと押された。誰かの膝の上に頭をつけ、寝かされている。頭を下にしたからか、吐き気が少し収まった気がした。眩暈《めまい》は容易に収まらず、目を開けたり閉じたりしながら、ただひたすら耐えた。

両脇を摑まれ引きずられる感覚に目を覚ます。タクシーが家の前に着き、真寛はそこから担ぎ出されているところだった。またいつの間にか眠っていたらしい。背中を抱えられ、ようやく部屋に入る。

「すみません、あとは大丈夫です」

覚束《おぼつか》ない口調で、それでも礼を言いながら玄関にドッと倒れ込んだ。無事部屋に辿《たど》り着いたという安心感で、目も開けられないほどの睡魔に襲われていた。

通りがかりの誰かに介抱され、部屋の中まで送られている。危機感はあったが、それよりも部屋に帰れたという安堵《あんど》のほうが強かった。泥棒《どろぼう》に入られても命までは取られないだろう。弛緩《しかん》した頭でそんなことを考えた。

とんだことになってしまった。これほど酔っ払ったことは今までにない。それもこれもあいつのせいだ。高木があんなことを言うから、つい対抗意識を燃やしてしまった。敵うはずもないのに。

だけど二次会に顔を出してよかったとも思う。二次会会場で醜態を晒さないで本当によかった。これも高木が釘《くぎ》を刺してくれたお蔭《かげ》かもしれない。

「礼が言えたらいいのに」

意識が口を突いて出る。頭の中でしゃべっているのか、実際口に出しているのかの境界が曖昧だ。本当にだいぶ酔っ払っているようだ。

「でもこんな姿見られたら、また呆れられるな」

高木にはいつも嫌な姿しか見られていない。いいところを見せようと思っても、空回ってしまい、上手くいかない。

だいたい、最初から失敗してしまった。あの時素直に高木の意見を受け入れておけばよかったのに。それができなかった。

合宿の初日に初めて口をきいた時から、できるやつだと思った。自分にはないリーダーシップを持ち、人柄もよさそうで、何より魅力的な人間だと思った。

「格好いいんですよ。なんかもう……敵わないなって思って、だからあいつにもできるやつだって思ってもらいたかった。肩を並べたらきっと楽しい。ディベートなんかもう圧巻で」

高木を中心にした討議は自由な意見が飛び交った。人の意見を引き出すのが上手く、一つのアイデアがどんどん膨《ふく》らみ、羽が広がるような体験をした。

「楽しかったなあ。あんな風にもっとやり合いたかった」

新人研修を振り返れば、苦い思いが込み上げるが、高木との接触で楽しい一瞬もあったのだ。真寛がそれを認め、自分から歩み寄っていたら、きっともっと素晴らしい体験ができたと思う。

グループ内で高木がリーダーになるのには異存がなかった。だから自分はその参謀《さんぼう》としてグループを動かしていけばいいと、瞬時に思った。五人を並べて単純にランク付けして、自分の位置を勝手に決めた。それを高木は気が付いたのだろう。諌《いさ》められて反発した。恥ずかしい。

「謝って……非を認めたらよかった。けど、もうなんか、そういうのができなくて。なんでこう、下手《へた》くそなんだろう。ただ謝って、普通に親しくなりたいだけなのに」

沢木のことを告げ口したと誤解された時だって、高木は何も言う前に真寛ではないと分かってくれていた。

「本当は嬉しかったのに、お握り……、昆布も梅干しも……好きなのに……」

どうにかしてマイナスを挽回しようと思った。だけど焦れば焦るほど空回りして、事態はどんどん悪くなっていった。自分のこんな性格が嫌で堪らない。

「何がつらいって、あいつに嫌なやつ認定されてるってことで。俺だって反省しているんだけど、顔を見るとつい言い返しちゃうんですよ。本当、なんでこんなに下手くそなんだろう。だって、俺のことを嫌なやつだって思ってる高木に『俺は実はそんなに嫌なやつじゃないよ』なんて言えないじゃないですか」

本当は憧《あこが》れているなんて絶対に言えない。

「このままは嫌だな……。どうしたらあいつと普通に話せるんだろう」

……好きなのに。

「すみません。なんか自分で何言ってんだか分からなくて」

酔っ払って、道にへたり込んで、知らない人に送られ、終《しま》いには愚痴を零している。

玄関に転がっている身体を起こされ、運ばれるのに恐縮しながらそんな言い訳をした。ズリズリと引きずられ、謝りながらどうしても足が地に着かず、歩くことができない。

気が付くとベッドに寝ていた。部屋は暗く、隣のリビングの灯《あか》りが微《かす》かに届いていた。

ネクタイはなく、スーツも着ていない。ワイシャツは着たままで、ボタンが半分まで外されてあった。愚痴を零しながら、真寛は送ってくれた人に寝室に運ばれていたらしい。

大丈夫だったかなあ。

ベッドに横たわったまま、真寛を連れてきてくれた人を心配した。真寛の住んでいる部屋の間取りは少し変わっている。注意をする前に寝室に運ばれてしまった。

「頭ぶつけてなきゃいいけど」

真寛を介抱してくれた人がまだ部屋にいるのかいないのか。気配を探ろうとするが、頭は重く、横たわってしまった身体は起こすことができなかった。

吐き気は少し残っていたが、目を瞑ってもさっきのように眩暈が起こることはなく、真寛はそのまま眠りに落ちていた。


目覚ましの音で目を覚ました。

しばらくぼんやりとしたまま天井を見ていた。昨夜のことをゆっくりと反芻《はんすう》する。

二次会の店を出て、安堵と疲れから一気に潰れたらしい。ところどころ記憶が飛んでいる。

誰かに連れられ、タクシーに乗ってここに帰ってきた。運んでくれた人の顔も声も覚えていなかった。青くなりながら、そっと身体を起こす。頭が痛く、喉が異常に渇《かわ》いている。

時計を見ると、六時半を指していた。いつも真寛が起きる時間だったが、自分で目覚ましを掛けた記憶はない。

ふらふらしながらベッドを下り、恐る恐るリビングを覗いた。部屋には誰もいなかった。

台所に行き、冷蔵庫からスポーツドリンクを出して一気に飲んだ。ボトル半分ほども飲み、大きな溜息と共に口から離す。急いで飲み過ぎたせいで、飲みきれずに零れた液体が顎を伝い、着たまま寝ていたワイシャツの胸を濡らした。

完全に目は覚めたが、記憶はやはり戻らなかった。途切れた断片は眠っていたというより、気を失っていたのに近い。

誰だったんだろう。

腕を持たれ、持ち上げられた感覚と、車から引きずり出された感覚。それから車の中で、膝に乗せた頭を撫でられた記憶。

礼も謝罪の言葉も口にしたはずだが、それにしてもとんでもない迷惑を掛けてしまった。謝りながら取り留めもないことをベラベラとしゃべった記憶がある。何処まで口にしたのかも定かでない。

困ったと思った。改めて謝罪をするにも何処の誰なのか完全に分からない。

持っていたドリンクをもう一度飲んでから、ふと、台所のシンクに目が留まった。

三角コーナーのごみ入れの中に、煙草《たばこ》が一本、放り込まれていた。

遅刻もなしに出勤できたのは、掛けた覚えのない目覚ましのお蔭だった。混乱し、昨夜の醜態に青くなりながらも、シャワーを浴び、なんとか働く体勢に持ち込むことができた。

「お、ちゃんと出勤してきたね」

フロアに入っていった真寛の姿を認め、上司がそう言って笑った。昨夜二次会の終わりに声を掛けてくれた涌沢だ。

「けっこうフラフラしていたからね。大丈夫かと思ったんだよ。偉《えら》い、偉い」

子どもを褒めるような口調で言われ、頭を下げた。

「昨夜はすみませんでした」

「いや、何も迷惑は掛けられていないよ。ちゃんとしていたじゃないか。店では」

「そうですか」

自分でもそのつもりだったが、あまり自信がなかったから、涌沢の言葉にホッとした。

「二日酔いは大丈夫？」

「ええ、はい。いい社会勉強になりました」

「はは。ああいう経験は初めてか」

「はい。酒はあまり得意じゃなくて。失礼がなかったならよかったです」

「あんまり最初から気負わないようにね」

穏やかな声を出し、涌沢が真寛を労《いたわ》ってきた。

「無理する必要なんかないよ。君は君のペースで着実に身に付けなさい。競争は時にはいい刺激になるけど、自分を見失わないようにね」

なんの脈絡もなく、だけど真寛の悩みを知り尽くしているような言葉に思わず目の前にいる人を見る。涌沢は温和な笑みを浮かべたまま真寛の視線を受け止めた。

「涌沢さん。あの、なんで……」

涌沢の助言の意味は分かるが、何故急にそんなことを言うのかが分からなかった。

「久し振りに入ってきた有望な新人だからね。期待をしているだけだよ。潰したくないし」

口調はあくまで穏やかで、真意は測れない。ただ包むような笑顔を真寛に向けてくる。

「さて。じゃあ仕事に掛かろうかな。その前に、僕はちょっと一服」

摑みどころのない笑みを浮かべたまま、おどけた声を出してフロアから出ていく背中を追い掛けた。社内にある喫煙所《きつえんじょ》は一か所で、涌沢は仕事の前にそこに寄るらしい。

「佐々倉くんも煙草を吸う人？」

ついてきた真寛を振り返り、涌沢が聞いてきた。

「いえ。吸いません」

そう、と涌沢は頷き「喫煙者は肩身が狭い」と笑いながら嘆《なげ》いた。煙草は吸わないと返事をしたのに、喫煙所についてくる真寛に、涌沢は何も言わなかった。

ガラスのドアを開け、二人で入る。大きな空気清浄機が設置された部屋はそれでも煙草の匂《にお》いが充満していた。

真寛が起きた時、部屋に煙草の残り香はなく、吸わない人間が煙を吸っても銘柄の区別などは付かない。

ポケットから取り出した涌沢の煙草を凝視《ぎょうし》する。シンクに入れられた吸殻《すいがら》は水に濡《ぬ》れて変色していて、今涌沢が咥えている物と似ているようで、だけど同じだと断定できなかった。

煙を吐き出す横顔を見つめていた。美味《おい》しそうな表情はやはり柔らかい笑顔だ。

「あの、涌沢さん。俺、昨日あのあと凄《すご》い酔っ払って、誰かに介抱されて送られたんですけど」

誰もいない喫煙室で、思いきって聞いてみる。

「俺を送ってくれたのは、涌沢さんですか？」

真寛の質問に、涌沢がこちらに顔を向け、にっこりと笑った。

※

駅前の賑《にぎ》やかな道を抜け、静かな住宅街を歩いていく。

弁当を買って部屋で食べようかと考え、迷った末に、時々入る定食屋で夕食を済ませてきた。勝手に来ると宣言され、そんな招かざる客を待つ謂れはない。

夜の住宅街は駅前のような賑やかさはないが、ところどころでクリスマスのイルミネーションが飾ってあり、普段より明るい。かなり大掛かりな電飾を施している一軒家《いっけんや》もあり、足を止めて眺めている人もいた。横目でそれを見ながら早足で通り過ぎる。

部屋に戻り、着替えを済ませたところでチャイムがなった。

ドアを開けた真寛を一瞥し、「お邪魔」と言って高木が笑った。無言で玄関に立っている真寛を追い越し、さっさと靴を脱いでいる。

シャツとジーンズになっている真寛に対し、高木はスーツ姿のままだ。通勤鞄《つうきんかばん》の他にもう一つぶら下げている袋には、ビールの缶が透けていた。

勝手に上がっていく高木の後ろを、真寛も黙ってついていった。

「飲むだろ」

手に持っていた袋を真寛に渡し、先にリビングに入っていこうとしている。

「あ……」

真寛の住む部屋はリビングに入るところの梁《はり》が突き出していた。初めてこの部屋にやってきた客は大概《たいがい》ここに頭をぶつける。

だが、真寛が注意を促す前に、高木は高い身長を屈めるようにして、ひょいと梁を潜《くぐ》っていった。

「なに？」

振り返った高木が真寛を見るのに、なんでもないと首を振り、渡されたビールを冷蔵庫に入れながら、流石にソツのない男だと感心した。外面《そとづら》よく、人望があり、平気で人を脅す。しまったビールの代わりに、冷蔵庫で冷えていた物を取り出し、グラスと一緒にリビングに運んだ。

「こっちのほうが冷えてるから。でも自分で持ってきたやつのほうがいいか?」

高木の持ってきた物とは別の銘柄だったからそう聞くと、高木が真寛を見上げ、「いや。それでいい」と言った。

「佐々倉も部屋で飲むんだ」

意外そうな声を出している。

「たまには飲むよ」

「弱いのに」

「弱くったって飲む時は飲むけど」

「まあ、そうだよな」

あの新人歓迎会以来、外で飲むのは自重していたが、やはり少しは飲めるようになっていたほうがいいだろうと、部屋で密かに特訓をしていた。相変わらず美味しいとも好きな味だとも思えなかったが、暑い日などには冷えたビールを飲みたいと思うぐらいには慣れてきた。涌沢と食事を兼ねて飲むこともあったし、以前より多少は強くなったと自負している。

「飲まなきゃやってられないこともあるしな」

これから何が起こるのかと考えると、飲む気にもなれなかったが、かといって素面《しらふ》で対応するのもきつい。高木の真意は分からず、だけど、どう考えても楽観的な進展は望めない。

皮肉を込めた真寛の言葉に、高木は「確かに」と言って苦笑した。呑気な顔をして笑うのに腹が立つ。

テーブルにビールとグラスを置き、それぞれがそれぞれの飲む準備をした。グラスに注いだビールを持ち、お互いに一瞬止まったが、二人とも何も言わずにそれを口に運んだ。

一気にグラス半分ほどを流し込み、息を吐くと、向かいに座っている高木は、すでに二杯目をグラスに注いでいるところだった。

「いつから付き合ってたんだ？　あの人と」

こちらを見ないまま、高木が聞いてきた。

「今年の……始めぐらいから」

「一年近くになるんだ。……けっこう前なのな」

ふうん、と興味もなさそうな相槌《あいづち》のあとに、質問が続いた。

「どういうきっかけで？　おまえから？　それとも向こうから？」

答える必要があるのかと、不躾《ぶしつけ》な質問をしてくる男を睨む。真寛の視線を受けた高木は悪びれることもなく、「教えろよ」と同じ質問を繰り返した。

「どっちから、っていうのは特にないけど」

「自然に惹かれ合ってとか?」

は、と茶化すように高木が笑った。

先に気持ちを寄せたのは真寛のほうだったかもしれない。涌沢に上手く誘導されたような気もするが、自分から懐《なつ》いていったのは事実だ。

「きっかけっていうか。……新人歓迎会の時に、俺、飲み過ぎて潰れたんだ」

あの日の夜の醜態のことから、高木に説明をすることになる。

「記憶ないんだけど、とにかく酔っ払ってここに送ってこられて。俺、なんだかいろいろ涌沢さんに暴露しちゃったらしくて。あの時の俺の愚痴を聞いたからだと思うんだけど。本当によく分かってくれているというか。涌沢さんのお蔭でここまでやれているんだと思う」

孤立しがちな真寛を、涌沢は何くれとなく目を掛けてくれた。食事に誘われ、会社では口にできない愚痴や不満も聞いてくれた。

可愛がってくれる上司に全幅《ぜんぷく》の信頼を寄せ一緒にいるうちに、いつしか涌沢は真寛の部屋を訪れるようになっていた。決定的な言葉があったわけでもない。それは二人にとって、とても自然な流れだったのだ。

「初めから下心があったんじゃないのか?」

涌沢との経緯を高木がそんな風に切って捨てた。

「だいたいさ、潰れた新人を、あの涌沢さんがわざわざ送ってったっていうのがおかしくないか？　だって記憶ないんだろ？　送ったのが涌沢さんかどうかなんて分からないじゃないか。確かめたのか？」

真っ直ぐに見つめてこられ、涌沢にそれを聞いた時のことを思い出しながら、頷いた。

「それで、涌沢さんがそうだって言ったのか？」

「それは……」

その問いには曖昧な返事をするしかなかった。涌沢はその時に、「そうだ」とも「違う」とも言わなかったのだ。ただ笑って「ああいう酒での失敗はね、誰でもあることだから。忘れて構わない。僕も忘れているから」と、宥めるように言ったのだ。

「それじゃあ涌沢さんだっていう確証にならないだろう」

真寛の曖昧な答えに高木が大袈裟な溜息を吐いた。

「なんでそんなことであの人だって断定するんだよ。おかしいだろ」

苛立ったような声を出す理由が分からなく、ただ反発心だけが湧いた。

「でも俺はあの人だと思っている」

こちらを見つめてくる目を真寛も真っ直ぐに見返した。

「俺の話を聞いてなきゃ、あんなことを言ってこないだろう」

涌沢は肯定しなかったが、酔って醜態を晒した真寛に対する労りだと解釈している。そこには涌沢であってほしいという願望があったのかもしれない。研修で躓き、グループから疎外され、社内でも溶け込めずに落ち込んでいた真寛に、ちゃんと見ている、君は頑張っていると理解してもらえたのが救いだったのだ。

「刷《す》り込みだな」

真寛の説明に、高木はにべもない。

「『誰も分かってくれないのにあの人だけが理解してくれた』っていう。それは逃げじゃないのか？」

高木の放つ『逃げ』の言葉に反応して相手を睨む。高木も強い視線で見返してきた。一杯目のビールを瞬《また》く間《たま》に飲んだ割に、二杯目を注いだグラスは手に持っているだけで減っていない。

「汲《く》み取ってくれないって一人でいじけて、でも分かってくれる人がいる、なんていうのは努力をしない甘えだろ」

いつかと同じ、理解される努力が足らないと高木が糾弾してくる。同じことを言っていても、今の高木の口調は辛辣《しんらつ》で、真寛を追い詰めようとする意図が感じられた。

「涌沢さんは、おまえが思っているような人間じゃないと俺は思う」

「……何を根拠にそんなことを？」

不倫の関係である前に、真寛にとっては尊敬する上司でもある。それをよく知りもしないくせに、無責任な評価をする高木に怒りが湧いた。

「新人の悩みなんて容易に想像がつくだろう。直属の上司なんだから、行動評価を見ればそれぐらい把握《はあく》できる。……目が眩んでいないか？」

真寛の憤《いきどお》りを知っていながら、高木がまだそんなことを言ってくる。

「弱い部分を曝《さら》け出せるのは楽だよそりゃ。そこに付け込まれていないか？　安易に流されてないって言えるのか？　……佐々倉は本当にあの人のことが好きなのか？」

正面から質問を重ねられ、真寛は自分のほうから目を逸らした。

この男の言葉はいちいち刺さる。研修の時もそうだった。それはたぶん――図星だからだ。

正面切って好きなのかと聞かれたら……分からない。ただ、理解され、甘やかされるのが心地好いのだ。

「本当にそうなのかって聞いてるんだよ。家庭のある人なんだぞ。いいとこ取りの関係を楽しんでるんじゃないのか？　二人して」

高木の言う通りだ。拳を握り、唇を噛む。

家庭を壊してまで涌沢を欲しいとは思わない。向こうもたぶんそう思っている。だから安心して付き合っているのかもしれない。

紳士《しんし》的で大人の涌沢は、真寛を苛立たせるようなことは決して言わない。人付き合いの苦手な真寛は、その口のきつさで人を攻撃し傷付けることも多いが、それが分かっているからこそ、自分のほうもかなり我慢するという場面もあるのだ。

真寛だって恋くらい何度か経験している。そのいずれも上手くいかなくなるのは、大概気を遣い続けることに我慢できなくなるのだ。理解しようと思えば、相手にも同等に理解してほしい。そのバランスが崩れた時、真寛は相手を追い詰め、口で打ち負かしてしまう。

涌沢と過ごしている時にはそういう力関係が存在しない。何故なら勝負を挑む以前に、既に強大な存在であるからだ。プライドの高い真寛は、それを傷付けられることも、尊敬できない相手に気を遣うことも嫌いだ。要は性格が悪いのだが、涌沢は真寛のそんな性質すら可愛がってくれるのだ。自分はそれに甘え、ただ浸っていればいい。これほど楽なことはない。

言われて初めて気が付いた。真寛は涌沢との関係を、自分に都合のいいものとして楽しんでいるだけだ。

「俺は……」

だけど、それを高木に糾弾されるのは嫌だと思った。楽なほうに安易に流される、弱い人間だとは思われたくない。この男にだけは。

「涌沢さんのことが、本当に好きだ。そうじゃなきゃこんな関係になっていない」

面と向かって平然と嘘を吐く。顔を上げた真寛を、高木が見つめてきた。瞳が揺れ、眉がきつく寄った。それから不快そうに顔を背け、手に持っていたビールを呷った。

「偉そうに言うなよ」

テーブルにグラスを置いた高木の顔には半笑いが浮かんでいる。

「不倫は不倫だ。自分のしていることをちゃんと思い知れよ」

それを言われてしまうと反論の余地はない。涌沢と真寛のしていることは、決して公言できるものではなく、責められても仕方のないことだ。

だけど。

「人を脅すのは悪くないのか？　会話を録音して脅してくるおまえは、どうなんだ？」

真寛の声に高木が顔を上げた。片方の口角がゆっくりと上がっていく。瞳には強い光が宿っていて、それが真っ直ぐに真寛に注がれた。

あの資料室で見せた、残酷で、何処か熱を帯びたような、高木の目だった。


ビールを残したまま立ち上がった高木が、ネクタイを緩めた。帰るつもりではないらしい。

「寝室はあっちだろ？」

こちらを見ずに言った一言で、高木の目的を知る。そうだろうとは思っていたが、まさかという思いもあったのだ。資料室での続きを、……この男は真寛を抱くつもりなのだろうか。

隣の部屋の襖《ふすま》を開けながら、高木が上着を脱いだ。それを受け取ろうと手を差し出すと、高木が一瞬怯《ひる》んだような顔をした。

「皺《しわ》になるから。掛けておいたほうがいいだろう」

歓迎するつもりはもちろんなかったが、床にそのまま脱ぎ捨てておくわけにもいかないだろうと、受け取った上着をハンガーに掛け、寝室にしている部屋のフックに吊るした。

六畳《ろくじょう》の寝室は、畳《たたみ》の上に直に置かれたベッドとスーツ用のクローゼット、整理ダンスがあるだけだ。高木のスーツを掛けて振り返ると、リビングの灯りを背にした黒い影がこちらに近づいてきた。

腕を摑まれ、引っ張ってくる力に抵抗すると、強引に引き寄せられた。

「ちょっと、待って」

「なんだよ」

「おまえ、本気で俺を……抱くつもりなのか？」

薄暗い部屋の中、高木が真寛を見つめている。

「……続きやるって言っただろ」

固い声が返ってきた。

「部屋に入れた時点でこれは合意だ」

「違う」

即座に言い返す真寛の腕を摑んでいる力が増す。

「どっちでもいいよ。おまえに決定権はないんだから。……させろよ」

低く、絞《しぼ》り出すような声に、観念した。

下を向いている真寛の身体が更に引き寄せられる。取り込もうとする胸を軽く押し、「シャワーを使わせてくれ」と言った。

「準備が……いるんだ」

「準備？」

「女性とは違うから。その……最後までするっていうなら、このまますぐには、無理なんだ」

高木は真寛の両腕を摑んだまま、真寛の訴えを聞いている。

「怪我《けが》、したくない」

真寛の声に、高木の力が緩んだ。

「準備って具体的にどうするんだ？」

「それは……」

「入れる前に解すんだろ？　ジェルとか使って」

好奇心の強そうな顔で高木が聞いてくる。話し振りから、興味はあっても経験がないことが分かった。

ふと、ゲイでもないのに真寛の身体を要求してくる高木の脅迫《きょうはく》を疑問に思う。不倫は駄目だという高木の言い分は分かるし、それに関しては何も言えない。だけど高木が真寛に吹っ掛けているこれは、高木にとってどんな意味があるんだろう。単に真寛を辱め、笑いたいだけなのだろうか。

「指で解すのか？　道具使って、とか？」

「そんなことっ」

あからさまな言葉に嚙みつくが、これぐらいの声では高木が怯まないことはもう学習した。案《あん》の定《じょう》、高木は臆することなく、またとんでもないことを要求してきた。

「じゃあ、やってみせろよ。ここで」

部屋の隅《すみ》に置かれたベッドを顎でしゃくった高木を、啞然《あぜん》として見返す。

「いいだろ？　見たい」

口端を上げ、高木の目が細められる。もう一度強く腕を摑まれ、ベッドに投げ込まれた。ベッドに尻をつく真寛を見つめたまま、高木がネクタイを解いていく。

シャツを脱ぎ、さっき真寛が掛けたハンガーの上にそれを掛けた。ベルトを外す音を聞きながら、真寛も着ている物を脱いでいった。

「ジェルは？　風呂場《ふろば》？」

返事をせずに部屋の隅にあるタンスに視線を向けると、上に置いてある瓶と、小さな箱を取り、高木がベッドに乗り上げてきた。

「涌沢さんだけか？　相手は」

「……何を、っ」

強い声で言い返す真寛を高木も見返してくる。

「いない。……そんなこと。あの人だけだ」

「ふうん。じゃあ、これ使ったのは涌沢さんと俺になるんだな。ここで」

暗い声にゾ、とする。

立膝をついた高木に瓶を渡された。

「してみせろよ。いつもしてるみたいに。それとも今日みたいに俺にされたい？　準備」

挑発してくる声に、黙って蓋《ふた》を開け、掌にそれを垂らした。正面に座った高木の目が、濡れた真寛の指先に注がれている。足を開き、高木の見ている前で、窄まりに指を這わせた。

「……っん」

固く目を閉じ、ほんの少し侵入させる。

「佐々倉。こっちを見ろ」

顔を背けている真寛に、高木が命令してくる。

「佐々倉」

言うことを聞けないでいると、もう一度真寛を呼ぶ声がした。低く、静かな呼び掛けは、今度は命令に聞こえず、恐る恐る目を開けて、自分を呼ぶ声の持ち主に目を向けた。

高木が真剣な目をして真寛の指の行方《ゆくえ》を見つめていた。その視線が上がってきて、真寛の目を捉えた。大きな喉仏《のどぼとけ》がコクン、と上下した。

「動かして」

静かな命令に、黙って従った。

「ふ……んん、ん、っは……」

吐く息を引き攣《つ》らせながら、ゆっくりと指を埋め込む。ク、チュ、と水音が立ち、羞恥に耐えきれずにまた目を瞑った。今度は目を開けろとは言われなかった。

根元まで埋め込んだ指をまたゆっくりと引き抜く。出し入れを繰り返し、自分を脅迫している男の目の前で、その男を受け入れる準備を施していく。

二本目の指を入れたところで、膝に温かい感触が訪れた。吃驚《びっくり》して目を開くと、すぐ近くに高木の顔があった。真寛の両膝に手を置いて、至近距離で見つめている。

「あっ……まだ、無理だ」

ギラついた目の色に恐怖を覚え、思わずそう言った真寛の顔を見つめ、また視線を下ろしていく動作が、小さく頷いたように見えた。両膝にある手はそのままだ。

ふうふうと、息を継ぎながら指を動かしていく。根元まで埋め込んだまま中を掻き回すように動かすと、「はぁ、ぁ……」とか細い息が漏れた。膝に置かれた掌があやすように撫でてきた。

「佐々倉」

また名前を呼ばれて、今度は素直に高木のほうを向いた。きつい眼差しはそのままだったが、軽く開けた口が何かを言いたげで、じっとその口元を見つめた。

言葉を待ってみるが、高木は何も言わず、代わりに手首を摑まれた。そっと引かれ、埋め込んでいた指が抜ける。

「あ……」

何をするつもりなのかと、多少の恐怖を持って高木を見返すと、高木も真寛を見つめたまま、もう一度腕を引いてきた。身体を起こす真寛を待ち、座り直した高木がまた真寛の腕を取った。

目の前に座った高木が、自分の下半身に目を落とす。真寛を観察していただけの高木のペニスは、すでに完全に勃《た》ち上がっていた。隆起《りゅうき》したそこを見つめていると、今度は真寛の項を摑んできた。その意図を感じ取り、抵抗せずに身体を沈ませていった。

目の前にある、猛《たけ》ったものに唇を押しつけ、そのまま含んだ。唇の内側の柔らかいところで数回扱いてやると、先端からすぐに苦みのある蜜《みつ》が溢れた。上から深い溜息が聞こえてくる。

更に深く呑み込むと、高木が小さく声を発した。含む前から完全な形に育っているそれに舌を絡ませながら、自分の行為を見ているだけで興奮したのかと思い、脅されているという異常な状況なのに、なんだか可笑しくなった。

唾液を絡ませ、吸い付きながら引いていく。あ、あ、と控えめな声を出しながら、項に置かれた高木の掌が蠢き始めた。高木の足の間で身体を丸めている真寛の肌を、分厚い掌が撫でていく。背骨を伝ったそれが、さっき真寛の指が入っていた場所に辿り着いた。

スリスリと指の腹で撫でてから、ゆっくりと侵入してきた。

「……は、ぁ……あ」

高木のペニスから唇を離し、入ってくる衝撃に耐える。息を吐き、身体を柔らかくして太い指を受け入れると、次には抜き差しをしてきた。探るような指の動きは優しい。

「佐々倉」

高木がまた真寛を呼ぶ。無言で応え、離してしまったそこに、もう一度唇を寄せた。茎《くき》に吸い付き、そのまま下ろしていく。根元を強く吸うと高木がまた声を上げた。資料室で発見した、高木の好きな場所だ。同じ場所を可愛がっていると、対抗するように高木の指が中を掻き回してきた。前立腺《ぜんりつせん》を掠められ、今度は真寛の顔が跳ね上がる。

「あっ、……そこ、……は、駄目、だ」

真寛の声を聞いた高木が執拗にそこだけを攻撃してきた。腰が浮き、高木の動きに合わせて卑猥に蠢く。

「や、め……」

そこばかりを責められ、強過ぎる刺激にのたうつ。容赦のない苛《さいな》みは、壮絶な射精感と同時に苦痛も伴った。

「はっ、ぁあ、たか、ぎ……、強い、んん、んっ、……っ、ぁあっ、っく」

口淫どころではなくなり、必死にやめてくれと訴える。目の前に座る腰にしがみ付き、衝撃に耐えながら、生理的な涙が流れた。

真寛の激しい反応に、高木の指が慌てたように出ていった。

「……大丈夫か？」

腰にしがみ付いたまま、荒い呼吸を繰り返す真寛の頬を撫で、高木が聞いてきた。

「悪い」

謝る声が聞こえ、頬にあった掌が髪を撫で、項に移り、背中に滑ってきた。労るような仕草にほう、と息を吐く。真寛が落ち着くのを待ってくれているのか、高木が黙って肌を撫で続ける。

指が背骨に沿ってツイ、と上がってきた。一番上の突起を指の腹でサラサラと撫で、また背骨の上を滑っていくのを追い掛けるように真寛の背中が反った。

「……ぁ」

強い刺激が去ったあとの甘やかすような手の動きに、無理やり火を点《つ》けられた肌が反応した。真寛の声を聞いた高木の指の動きが変わった。辿った指が尾《び》てい骨《こつ》の上に置かれた。カリカリと軽く引っ掻いてこられ、ビクビクと身体が跳ねる。

「う……は、……ぁ、ん」

腰から離れた顔が上向き、はっきりとした甘い声が出てしまった。それに自信を得たように、高木の掌がまた蠢き始めた。

太い指が窄まりに入ってくる。慎重に埋め込まれたそれが中で回転し、少しずつ広げられていく。高木の腰にしがみ付いたまま、腰を高く上げ、受け入れる。柔らかくなった身体を確かめながら、指が足された。

「ん、……ぁ、ふ」

眉根を寄せ、いいようにされてなるものかと口を閉じる。跳ね上がった顎を引き、もう一度高木の足の間に顔を埋めて、張りのある肌に唇を押し付けた。腰骨に吸い付き、顔の位置をずらしていく。さっき真寛の口の中で可愛がられていたモノは、熱を持ったままだった。

太い幹に手を這わせ、大きく口を開いて舌を差し出した。ピチャ、と音を立てて撫で上げる。子どもがキャンディーを舐めるように下から上へ舌を動かすと、肌を撫でていた高木の手の力が強まり、呻《うめ》くような声が聞こえた。

「は……っ、あ、佐々倉……」

トプリと、先端から半透明の液体が溢れ出た。他愛なく零していく蜜を舐め取ってやる。舌先で鈴口を突《つつ》くと、また溢れさせる。ん、ん、とむずかるような声を上げ、高木が真寛の舌に翻弄されていた。

真寛の中にある指が出ていき、突然強い力で引き上げられた。仰向けに押し倒され、高木が見下ろしてくる。太い眉を寄せた表情は、泣き出しそうな子どものようでいて、情欲に滾《たぎ》った雄のようでもあり、その表情に鼓動《こどう》が高鳴った。

「佐々倉……」

唇が下りてきて、合わさる寸前で咄嗟に顔を背けてしまった。たった今フェラチオをしていたからという反射的なものだったが、高木が一瞬傷付いたように顔を歪めたのを見て、ハッとした。

「高木、あの……」

「後ろ向けよ」

言い繕う間を与えない、冷たい声だった。

「後ろ向けって。早くしろ」

容赦のない命令に、二人の関係を改めて思い出した。そうだった。自分はこの男に脅され、凌辱《りょうじょく》の行為を強要されていたのだと思い出す。

ノロノロと身体を反転され、高木に背中を向けた。カサリと紙を破く音がした。切っ先が宛《あて》がわれる。みっともなく四つん這いになっている姿を晒し、シーツに胸を付けた状態で衝撃に耐える。腰を固定され、グイ、と押し入られた。

「っ、……ああっ！」

目にした時から大きいとは分かっていたが、改めて受け入れると、それは想像以上の質量だった。入口を過ぎ、一番太い場所が埋め込まれると、息をすることもできなくなった。

「は……、はっ、……っ、っ」

空気を取り込もうと口を開き、動物のように喘いでいる真寛の後ろで、高木が戸惑ったように止まっている。そこで止まってしまわれるのが一番きついのだが、初めての高木には分からないらしく、引くことも進むこともできずに、狼狽《うろた》えたように背中を擦《さす》ってきた。

「止まる、な。お……、くまで、……っ、来て」

「佐々倉」

真寛の訴えを聞こうと、高木が身体を倒し、真寛の口元に耳を寄せてくる。

「苦しいか……?」

身体の力を抜こうと努力しながら、動いてくれと訴える。

「ん、んっ、そこ……くる、し……」

腰に両手を当て、高木が進んできた。その速度はかなりゆっくりだ。進み、少し引いてはまた進んでくる。一番きついところを過ぎたら息ができるようになり、入ってくる高木を締め付けないようにしながら真寛も息を継いだ。

「大丈夫か?」

真寛の身体が柔らかくなったのに気が付いた高木が、また声を掛けてきた。コクコクと首だけ動かすと、高木がまた少し、進んできた。

気遣うような声を出す高木が可笑しい。言ってくることは冷酷なのに、真寛の身体を気遣い、こうして優しく声を掛けてくる。そして真寛は、そんな高木に協力しながら、受け入れているのだ。

強要され、身体を暴かれ、ここまでにかなりの醜態を見せているはずなのに、高木は萎《な》えることもなく真寛の中を侵食してくる。そのことに安堵している自分がいた。

受け入れる準備は足りていなかった。だけどそれを言わずに黙って従ったのは、……急いだからだ。キスを拒んだことで高木が気分を害し、萎えるのではないかと咄嗟に思った。怪我をするかもしれないのに、何故そんなことをしたのか。

「ん……、く」

入ってくる高木を感じながら固く目を閉じ、考えることをやめた。

少しずつ進んできたものがやがて最奥《さいおう》まで収まり、高木が大きな溜息を吐いた。馴染むのを待つように、動かずにじっとしている。

「……入った。全部」

小さな呟きは、驚いているように聞こえた。添えていた両方の手が尻を撫でている。

入社した時から反りが合わず、会えば反発ばかりしていた男が自分の中にいる。優秀で、何をやっても敵わない高木に今、身体まで征服されている。

高木の呟きに改めてそのことを思い知らされ、悔しさと同時に奥のほうから得体の知れない感情が湧き上がり、それを振り払うように首を振った。

「どうした？」

労るような声に返事をしなかった。

「動いても平気か？」

どうしてそんなことを聞いてくるんだろう。

「……好きなようにすればいいじゃないか」

挑発するような真寛の返事に、高木がゆっくりと抽挿《ちゅうそう》を始めた。

気遣われる謂れはない。真寛は不倫をしていて、その現場を見られ、脅迫されて抱かれているのだ。

「んんん……ぅ」

最奥にあった楔《くさび》が引き抜かれ、中の襞《ひだ》が捲《めく》られるような感覚に唇が戦慄く。強くシーツを握り、次に入ってくる衝撃に耐えていると、また高木が止まる。俯せている顔を覗いてくる気配がし、シーツに顔を押し付けて隠した。

「ん、……ん、ん」

その場所に留《とど》まったまま高木が腰を揺らした。指が尾てい骨を撫で、悪戯をするようにまたカリカリと爪を立ててくる。思わず甘い溜息が漏れ、高木の指を追って腰が高く上がった。

そのままの状態で細かく中を擦られて今度は高い声が上がってしまった。

「は……、ぁ、あ」

真寛の弱い場所を見つけた高木は、執拗にそこを責め立てながら、やはりこちらを窺ってくる。酷くし過ぎないようにしているのが分かり、いっそ泣き喚《わめ》くほど酷くしてくれればいいのにと思った。そうすればこいつのことが憎める。苛まれるほうがどんなに楽か。

「あ、はぁ、……っ、ぁああ」

さっき指で真寛がパニックを起こした場所を、高木が突いてきた。声を上げると一旦引き、また刺激してくる動きに翻弄された。闇雲《やみくも》にそこだけを攻撃された時と違い、探りながらはぐらかすような行為に、もっと欲しいと身体が勝手についていってしまう。

「や、め……っ、ぁっ、あっ」

先ほどと反応の違うのに気付いたのか、真寛の訴えを高木は聞いてくれず、ますます淫猥な動きで追い立ててくる。自分の泣き声に混じり、呻くような高木の声も聞こえていた。

「あっ、う……ぁ、あっ」

すっかり馴染んでしまった身体は衝撃も恐怖もなくなり、貪欲に快感だけを拾っていく。一度も触れられていない真寛の中心からはパタパタと蜜が零れ落ち、シーツを濡らしていた。そのことをからかわれるかと思ったが、高木にもそんな余裕はないらしく、荒い息を吐きながら、突き入れる行為に没頭している。

「は……っ、は……、っ」

高木の指が肌に食い込む。膝が浮くほど引き上げられ、深く穿《うが》たれた。浮き上がった身体を立て直そうとシーツを摑むと、逃げるとでも思ったのか、伸びてきた腕が腹の上で交差され、強い力で抱き込まれた。

「あ……ん、んんぁ、ぁ……」

耳に息が当たり、それに感じて高い声が出た。抱き込む力が更に強まり、また息が掛かる。低く、唸《うな》るような声を高木も発していた。

言葉は交わさない。聞こえてくるのは動物じみた声と、溜息。グチュグチュと粘液《ねんえき》が擦れる音だけだ。腹の上で交差された腕は離れず、激しく穿たれながら、縋り付かれているような錯覚に陥った。

逃げ場もなく、逃げる意思もないのに高木がしがみ付く。項に熱い息が当たった。

「あ……、あ、あっ」

深く入り込み、抉《えぐ》るように回されながら、耳元にある高木の声を聞き、自分も声を上げる。目の前が霞み、身体が溶けていくような感覚の中、腹に回っている高木の腕の感触だけが、確かにそこにあった。

「ぁあ……っ、んっ、ぅ、ぁ……」

やがて、真寛のほうに先に限界が訪れた。抱き込まれたまま、背中を撓《しな》らせて顎が上がる。開いたままの口から細く長い音が鳴り、痙攣《けいれん》するような震えと共に、白濁が飛び散る。真寛

が達したのを見届けた高木が一瞬止まり、それからまた動き始めた。

息は荒く、喉を詰めながら、それでも耐えきれないというように、声を漏らしている。

「佐々倉……、は、は……っ、佐々倉」

放埒《ほうらつ》の余韻《よいん》に浸る暇《ひま》もなく、高木が激しく穿ってくる。自分を呼ぶ声は助けを求めるように苦しげで、泣き出す寸前のようにも聞こえる。

「ぁ、ぁあ……っ、く、ぅ……っ、は、ぁ……っ」

絞るような声を発し、高木が止まった。真寛の腹に回った腕はまだしがみついていて、背中に当たる高木の胸が、激しく鳴っていた。

抱き込まれたまま、互いに熱が引くのを待っていた。高木の息はまだ項に当たっている。

「シーツ……取り替えないと」

背中の心音が静まったのを聞き、ずっと自分を抱き込んだままの男に言った。時間が経つと、マットまで沁《し》み込んでしまう。

真寛の声に、高木の身体がようやく離れた。

「そっか。……そうだよな」

男同士であれば、抱かれる側だって射精するのは当たり前だが、高木は真寛に言われて初めて気が付いたようだった。

ベッドから高木が下り、身支度をしている後ろで真寛は裸《はだか》のままシーツを剝《は》がした。

「……悪かったな」

配慮が足らず、シーツを汚してしまったことに対してなのか、それとも行為そのものに対してなのか、高木が謝った。

「そうだな」

どちらに対しての謝罪なのか分からなかったから、そう答えると、高木が苦笑した。

剝がしたシーツを丸め、リビングを抜けて洗面所にある洗濯機に放り込む。鏡を見ると、風邪《かぜ》を引いたかのような、熱っぽい顔をした自分が映っていた。

顔を洗い、引き出しに入れてある下着を取り出し、身に着けてからリビングに戻ると、すでにスーツを着た高木が立っていた。テーブルの上には飲み残しのビールがそのまま置いてあった。

「じゃあ、帰るわ」

「ああ」

それだけの会話を交わし、高木が玄関に向かった。張り出した梁にもやはり、ぶつかることなく長身を屈め、部屋を出ていく。

「……好きなやつとじゃなくても、イケるもんなんだな」

玄関で靴を履《は》きながら、高木が言った。リビングで突っ立ったまま、見送る気のない真寛を、高木も最後まで振り返ることもなく出ていった。

ドアが完全に閉まるのを確かめてから玄関に行き、鍵を閉める。

「だったらなんでやったんだよ」

好きでもない男を抱き、初めての行為にオロオロしていたくせに、ずっと勃ちっぱなしだったじゃないか。浅ましいと自虐《じぎゃく》するぐらいなら、しなければよかったのに。

リビングに戻り、ビールが半分以上も残った二つのグラスを見つめる。

悔しさと情けなさに唇を噛む。同時に身体の中の何処かが、酷く痛んだ。

電源を切り、暗くなった画面をずっと見つめていた。

帰り支度で周りがざわついているのを感じていたが、すぐには動く気になれずにぼうっとしている肩をポン、と叩かれた。

「帰らないのか？」

椅子に背を預けている真寛の顔を、涌沢が覗いてきた。

「疲れているのかな。元気がないね」

「いえ」

ようやく帰り支度を始めた真寛を、涌沢が見つめている。

「……今夜、行くよ」

真寛にしか聞こえない、ごく小さな声で涌沢が囁き、見返す真寛ににっこりと笑ってくる。

「随分久し振りだ」

涌沢との逢瀬はほとんど真寛の部屋だが、それも頻繁ではない。家庭があるのだから当たり前のことだし、そのことに不満も持ったことはなかった。

だが、こうして誘われ、涌沢の言う通りそれが久し振りのことだと気が付くと、別段寂しさも感じていなかったことに、改めて気付かされた。本当に好きなのかと、高木に聞かれたことを思い出す。

「何か予定があるのか？」

返事を躊躇している真寛に、涌沢が聞いてくる。

「いえ、でも今日は……」

予定があるわけではないが、正直気が重かった。

高木が真寛の部屋を訪れ、無理やり身体を重ねてから数日が経っていた。

あれ以来、高木から何か言ってくることもなく、職場でも顔を合わさない。涌沢とのことをネタに、また無理な要求をしてくるのではと警戒していた真寛だったが、向こうにしてみれば、あれ一回で気が済んだのかもしれない。何しろ真寛にとって一番屈辱的な方法で、高木に屈服させられたのだ。

「本当に元気がないね。何かあった？　話を聞くよ」

いつものように鷹揚《おうよう》な態度を見せ、涌沢が気遣ってくる。だけど涌沢に打ち明けられるような内容でもない。

何も言わず、ただ甘えてしまいたいという衝動も湧いたが、すぐにあの時の高木の言葉が脳内で聞こえ、打ち消された。不倫は不倫だと糾弾され、流されているだけだと図星を指された。

それを誤魔化《ごまか》すために平然と嘘《うそ》を吐いた自分が情けなく、また、あの時の真寛に向けられた軽蔑の眼差しを思い出すと、数日経った今でも胸に杭を打ち込まれたように痛むのだ。

「新しい恋人でもできた？」

からかうような声に「まさか」と言い、誤魔化すように帰り支度をする真寛を、涌沢が眺めていた。

「……まあ、僕が責められる立場じゃないからね」

「違います。そんなことあるわけがありません」

強い声を出す真寛に、涌沢が「そう。安心した」と、明るい声を出した。

「じゃあ、食事だけでもしようか。上司として、部下に元気がないのは気になるし」

ね、と軽い口調で誘われると、それでも嫌だとは言えなくなった。

二人連れだってフロアを出た。何処へ行こうかと相談をしながらエントランスに向かっている途中、見覚えのある背中を見つけ、ギクリと足を止めた。

「佐々倉くん、どうした?」

突然見えない壁にぶつかってしまったような真寛に、涌沢が声を掛けた。

「いえ、……なんでもありません」

足元に目を落としたまま、しどろもどろに返事をした。避けてきたわけでもないのに今日まで顔を合わさなかったのが、何故涌沢と連れ立っている時に限って出くわしてしまうのだろう。

真寛の動揺を感じ取ったかのように、前を歩く背中がゆっくりと振り向いた。

「あれ、佐々倉、今帰り?」

一瞬の間のあと、高木が明るい声を出す。隣に立つ涌沢に「お疲れ様です」と頭を下げる態度も堂々としたものだった。

「お二人で飲みに行くんですか?」

社内で見せるいつもの高木の表情だ。快活で自信に満ち、人好きのする好青年。

「たまには俺も参加させてくださいよ。他の部署の人と情報交換もしたいです」

人懐こい笑顔を見せて、しゃあしゃあと言ってのける心臓に驚かされた。な、と真寛に向けてくる顔にさえ、邪気がまるで感じられないのだ。

「佐々倉くんと同期だったね。じゃあ、三人で行くか」

涌沢のほうも動じない態度で、鷹揚に高木の申し入れに応じている。二人の間に挟まり、真寛一人が落ち着かなく視線を落としたままだった。

会社近くの居酒屋に三人で入り、奥のテーブル席に落ち着いた。涌沢が一人で座り、高木と真寛はその向かいに並んで座っていた。三人の立場上当たり前の席割りだが、落ち着かない。だからといって真寛が涌沢の隣に座るわけにもいかなかった。そんなことをして、目の前に座る高木の顔を正面から見る勇気など持てるはずもない。

運ばれたビールジョッキを軽く掲げ、三人の宴会が始まる。話題はもちろん仕事のことで、最近の業績の変動や、景気の影響、社内のちょっとした人事の噂《うわさ》など、当たり障りのない会話が続いていった。

真寛と不倫の関係を持っていることをおくびにも出さない涌沢は、目の前で笑っている男がそれを知っているなどとは思ってもいない。

何も知らない涌沢は普通に上司と部下として振る舞うし、高木も平然と真寛と同期の立ち位置で、何かを匂わせるような態度もない。二人の厚顔振りに翻弄され、真寛一人がビクビクしていた。

「……あんまり挙動不審になるなよ」

涌沢がトイレに立ち、二人きりになった途端、高木が忠告してきた。

「それからあんまり飲むな。どうせ強くもないんだから」

そんなことを言われても、二人のように平然と振る舞うことなどできずに、口を開く代わりに酒を口にするしかなかった。狼狽えている真寛を前にして、内心さぞや面白いことだろう。

無言の抗議をしながら、高木の忠告を無視してビールを呷っているところに、涌沢が戻ってきた。

「すまない。家から連絡が来た。先に帰るよ」

子どもの進路のことで学校から連絡が来たんだと、面倒臭そうに苦笑いをし、涌沢が椅子に置いてあった鞄を取った。すかさず高木が立ち上がる。

「あ、そうなんですか。残念ですが。進路とか、大変ですね」

本当に残念そうな声でそう言って、家族のことまで労ってみせるのはたいしたものだ。営業マンらしく居酒屋の席で起立して頭を下げる高木と、突然置いていかれることに茫然としている真寛を残し、涌沢がそそくさと帰っていった。

店から出るのを見送った高木が、今まで涌沢の座っていた席に移り、どっかりと腰を下ろした。途端に空気が変わる。

「……凄い演技力だな」

「おまえが不器用過ぎるんだよ」

追加を頼むつもりなのか、メニューに目を落としている高木の口端が上がった。

「あれ、嘘だと思うぞ」

「え」

「電話があったっていうやつ。おまえの態度に俺にバレたらまずいとでも思ったんじゃないか？　知ってるのにな」

気の毒にと声を上げて笑っている。

「邪魔が入ったから今日のデートはなしか。残念だったな」

「そんなんじゃない。普通に飯食おうって、初めからそういう話だったんだ」

部屋に来たいという誘いは断ったし、本当にそれだけのつもりだった。だが高木は真寛のそんな言い訳には興味がなさそうに、メニューを眺めていた。

「まあ、スマートっちゃあスマートだよな。人当たりもいいし。なんていうか、上手《じょうず》だよ、いろんなことが」

上司に対する評価にしては、随分上に立った言い方だと思った。先ほどの態度と比べれば、まるで別人かと思うような豹変《ひょうへん》の仕方だ。

「おまえ、遊ばれてるぞ」

メニューから顔を上げた高木が言い、なんだそれはとその顔を見返した。

「おまえの他にも相手がいるんじゃないか。結構な遊び人だぞ、あの人」

高木が無責任に涌沢を分析した。

自分以外にも相手がいるだなどと、考えもしなかった。そして、その考えに及んだところでショックも受けていない自分がいる。

「そうか。……そういう可能性もあるんだよな」

初めから家庭のある人だから、ひとときの甘い時間を過ごしても、それ以外は他の誰かのものなのだと納得していた。それは諦めというよりもっと浅い感情で、今考えてみれば、無関心に近い。

「あ、でもほら、これは俺の想像だから」

考え込んでしまった真寛に、何故か高木が慌てたような声を出した。

「年齢もだし、上の立場になれば色々な顔を持つようになるよ」

「おまえみたいに？」

涌沢の別の顔は分からないが、高木の豹変振りには舌を巻く。この数日で、本当にこの男の色々な顔を見せられている。

「地位と年齢で涌沢さんが培《つちか》ったものなら、おまえのそれは天然のものなのか？」

真寛の言葉に高木の表情がまた変わる。一瞬表情が崩れ、それから開き直ったような笑みを浮かべた。

「おまえだって相当のもんだろう。俺に知られておいて、数日後にはちゃっかりデートしてるんだから」

「だからそれは違うって言っているだろう」

真寛がどんなに強く否定をしても、高木は口元を歪めたまま笑っている。信じる気がないのだろう。

不倫の事実を知られ、脅迫を受けていながら平然と涌沢と連れ立って歩いているところを見られたのだ。どれだけ面の皮が厚いのかと自分でも思う。軽蔑されても当然だ。

「軽蔑してるんだろ」

「え？」

今自分が思ったことを高木が口にした。驚いて思わず聞き返した真寛を、高木が見つめてきた。

「脅迫している俺と不倫をしているおまえ、どっちもどっちだ」

「……そうだな」

本当に、こんなやつだとは思わなかった。だが、好きかどうかも分からない相手と不倫をし、不倫の事実よりもそのことを知られたくなくて、あの人のことが本当に好きだなどと嘯《うそぶ》いている自分はどうなのだ。

「じゃあ、デートの邪魔ついでに、おまえの部屋に寄らせてもらおうかな」

向かいに座っている男を無言で見返した。

「なんか食っとけよ。腹ごしらえしといたほうがいいだろ?」

相変わらず不敵な笑みを浮かべ、高木がメニューを差し出してきた。


シャワーを浴びて出てくると、高木がリビングでビールを飲んでいた。それはもともと高木が持ってきたものだったが、それにしても呑気なものだと苦笑が漏れた。相変わらず酒に強く、顔色一つ変わっていない。こちらは居酒屋での二人の騙《だま》し合いの間で他愛なく動揺し、酒を呷り続けてフラフラだというのに。

人のリビングで寛いでいるのを横目に、冷蔵庫からスポーツドリンクを出す。

「準備は済んだのか」

返事をせずにボトルのまま飲んでいたら、高木がさっさと寝室に入っていった。住人より先にベッドに上がり、我が物顔で真寛を待っている。

「来いよ」

「これぐらい飲ませろよ」

ボトルを持ったまま近づいていくと、腕を引かれた。

「零れるだろ」

強引な態度に抗議をすると、持っていたボトルを取り上げ、高木がひと口飲んだ。

「酒飲んでからこういうの飲むの、よくないぞ」

「え、そうなのか？」

「水にしとけよ」

自分も飲んでおいてそんなことを言う。

「水はよくて、なんでスポーツドリンクは駄目なんだよ？」

質問をするが、高木は答えるのが面倒なのか、何も言わずにまた真寛の腕を取り、ベッドに連れ込んだ。組み敷くような形で上に乗り上げた高木が真寛を見下ろしてくる。

「涌沢さんになんか言われた？」

「何を……？」

意味が分からずにそう聞くと、上から見つめてくる目が細められた。

「どっか変わったんじゃないかとか。誰かここに来たのか、とか。そういうのって分からないもんなのか？　あの人、目聡《めざと》そうだけど」

高木と寝たことによる変化を、涌沢は気付かなかったのかという意味だと分かり、即座に否定した。

「何も言われてない。それに、涌沢さんはあれからここに来ていない」

強い声を出す真寛を、高木はじっと見つめている。

「本当だって。俺だってそんな……無神経なことはしない」

今日二人でいたのは、本当に久し振りのことで、それだってここに来たいという涌沢の誘いを断ったのだ。そんな人間だと思われたことが悔しく、だけどそう思われても仕方のないことをしていたという事実にまた、情けなさが募った。

「二人で逢うのって、いつもこの部屋なんだろ？」

真寛の気持ちなど斟酌《しんしゃく》するつもりもないのか、高木が質問を重ねてきた。

「そうだよな。あっちの家にはまさか行けないし、たまにはホテルとか使うんだ？　男同士で入るのって勇気いるよな。場所選ぶのとか大変そうだ」

高木のいたぶりが始まった。答える必要なんかないと思ったから黙っていた。

「あとは、そうか。職場でしてんだもんな」

Tシャツの裾《すそ》をたくし上げ、高木の手が這ってきた。

「あの人ってどんな感じ？」

「どんなって……っ、あ」

高木の顔が下りてくる。囁くような声を出し、耳朶《じだ》を甘嚙みされた。

「こないだもさ、随分可愛い声出してたよな。資料室で」

耳を舐り、Tシャツの中に潜り込ませた指で、乳首を摘《つま》んでくる。

「ああいう声、俺にも聞かせてくれよ」

「ん、……、っ」

眉根を寄せ、唇を閉じて声を出すまいとする真寛を、高木の唇と指がいたぶり始める。舌先で耳殻をなぞられ、ゾク、とした感覚に肩を竦めると、胸の上に置いた指で粒《つぶ》を強く引っ掻かれ、顎が跳ね上がった。

「う……ぁ、く……っ、ぅ」

「おまえってほんと、強情だよな」

声を聞かせろと言われ、出すものかと口を噤《つぐ》み、ますます追い込まれる羽目になる。高木との攻防は初めからこんな感じだったと、熱い舌で耳を舐《ねぶ》られ、ゾクゾクと這い上がってくる快感に抵抗しながら、そんなことを思った。

入社当初から一方的な対抗意識を持ち、庇われても余計なことをと撥ね付けて、自分で自分を追い込んでいく。

「ここ、弱そうだな」

真寛の弱点を見つけ、高木が楽しそうな声を出した。

「涌沢さんはどんな風に可愛がる？　自分からねだったりするんだろ？」

耳元に押し付けた唇が、さわさわと擽ってくる。

「『可愛い』って言われてたもんな。どんな風に可愛くなるんだ？」

「や、め……っ、ぁ」

カリ、と音を立てて耳殻を噛まれた。僅かな痛みを感じた直後に、熱い息を吹き掛けられて、背中が浮き上がる。それを迎えるように指先で胸の突端を擽られ、大きな溜息のあとに、とうとう声が漏れた。

「んん……は、ぁあ、あ……」

耳にあった唇が滑り、頤《おとがい》に辿り着くと、高木の頭を迎え入れるように顎が上がった。首筋に吸い付き、それがまた耳に戻ってくる。

背中を反らせたままのたうつ身体を、大きな手で持ち上げられ、誘導されるまま俯《うつぶ》せになった。項を噛み、それが移動していく。前回の時に真寛がここに反応したことを覚えている高木は、背骨に沿って舌を這わせ、ツウ、と下りていった。

「ん、んん、……ぁあ、あ」

仰《の》け反《ぞ》った身体に、腕が回ってきた。胸の小さな粒を捉えた指がコリコリと動かしてくる。

「あ、あ」

「敏感なんだな。男なのに、こんな風に感じるんだ」

「言う……な」

無理やりの行為のはずなのに、感じてしまう身体が恥ずかしい。それを言葉で指摘され、それでも高木の動きにまた声を上げてしまうのだ。

背中に当たっていた唇が離れ、高木が身体を起こした。ホッとして体勢を立て直そうとした途端、ツプリ、と後ろに指が入ってきた。

「……この前より柔らかくなってる」

探るようにゆっくりと押し込まれていく。片方の手で尻を撫でながら、慎重に抜き差しをしてきた。

「ちゃんと準備できてんだな。そっか。自分で準備するとここまで柔らかくなるんだ」

身体を暴きながら言ってくる声に唇を噛み、耐える。

「こないだ……怪我しなかったか？」

「……え？」

人を辱めようとして言っているのかと思ったら、そんなことを聞いてくる。声は真剣で、あの日怪我はなかったのかと心配しているようなのが——可笑しい。

「特になかっ……んっ」

ジェルが足され、また指が増える。前と同じに高く上げさせられた腰は、指の動きに合わせて自ら揺れていた。

「そうか。ならすぐにできるな」

そう言ってくるくせに、埋め込まれた指が出ていかない。中で指を回し、前立腺を掠めていく。

「あっ、ぁあ……」

「ああっ」

真寛の声を聞きながら、責め過ぎないようにそこから離れ、探るようにまた掠めてくる。その度に反応し、声を上げる様を観察され、楽しんでいるようなのが悔しい。

「押されると、いい？」

くい、と曲げた指の腹をそこに当てて聞いてくる。返事をする前に身体が反応してしまい、高木が楽しそうに笑った。

「素直なもんだな。普段からそんな風だと……可愛いのに」

「うる……さいっ、……っあ、ああっ」

悪態を吐いたらまた同じ場所を押され、言葉が途切れた。自ら腰が上がり、高木の指の動きに合わせて前後してしまう。

「んん……、は、……っぁ」

シーツに胸をつけ、みっともなく腰を揺らし、身体がぐずぐずになっていく。高木の愛撫《あいぶ》はしつこくて、だけど乱暴なことをしてこないから始末が悪い。人を言葉で責め立てながら、当たる指も唇も気遣うように優しいのだ。

執拗に中を探っていた指が抜かれ、ガサゴソと準備がなされる音がする。腰に手が当てられて、次に来る衝撃を迎えるために身体を柔らかくして待つ。入口に当てられた高木の熱塊《ねっかい》が、ゆっくりと押し入ってきた。

「あ……っ、あぁ……」

侵入してきたそれは、止まることなく奥まで貫いてくる。高木が大きく息を吐いた。腰を更に高く掲げさせながら、抜き差しが始まった。ヌプヌプと音を立て、内壁《ないへき》を擦ってくる動きは以前のぎこちなさが消え、真寛の感じる場所を責め、易々《やすやす》と追い立ててくる。

「っ、は……ぁ、あ……もう……っ」

執拗な愛撫で高められていた身体は、絶頂の兆しがすぐにでもやってきた。情けなくて悔しいがどうしようもない。

シーツを握り締めてそのことを訴えると、穿つ動きが止まり、それが出ていった。

「あ……」

「こっち向けよ」

高木の手に誘導され、身体を仰向ける。抵抗を見せない真寛の足を持ち上げ開かせると、もう一度高木が入ってきた。真寛を見下ろしたまま、高木がまた動き始める。

「シーツ汚したくないんだろ？　……このままイケよ」

そんなことを気遣う高木が可笑しい。シーツを汚そうが、真寛が怪我をしようが、関係ないはずなのに、変なところが律儀な男だ。

腰を送りながらこちらを見下ろしている男を、真寛も見つめていた。眉根を寄せた表情が苦しそうでいて、時々漏らす吐息は気持ちがよさそうにも見えた。大きく腰を回し、深く入り込んだ高木が、ああ、と声を漏らした。平坦《へいたん》で、柔らかくもない身体を眺めながら、それでも萎えずに浸っている姿に、何処か安堵している。

高木の動きに合わせ、身体が波打っている。角度を変え、真寛の反応を観察し、そこが好きなのだと理解したらしい高木がそれを繰り返す。自分だけを追い上げようとする行為に反抗し、首を振って回避しようとした。

「我慢すんな。ほら、イケよ」

意地悪な声を出し、そのくせ苦しそうに高木が真寛を責める。

「……好きなやつとじゃなくても、イケるんだろ？」

激しく突き上げながら言ってくる高木に、唇を嚙み締めて首を横に振った。

前にも高木はそんなことを言っていた。だけどそれは高木が自分自身に対して言った言葉ではなかったのか。

「嘘吐くな。もうイキそうなんだろ……？　イケよ」

相手が男――真寛でも達することができたという意味だと解釈し、悔しい思いをしたのだ。それなのに今、高木は同じ台詞を吐きながら、真寛を責めている。相手が俺でなくてもいいんだろうと、真寛を真っ直ぐに見下ろしながら、苦しそうに責めるのだ。

「違……う、ぁ、あ」

見下ろしてくる眉が寄る。真寛を追い詰めながら、高木自身も昂《たかぶ》りを抑え込もうとしているような表情だ。

「ああ……っ、くっ」

揺れながら喉を詰め、持っていかれまいと高木が首を振る。苦しげに息を継いでいる唇を眺め、唐突《とうとつ》にそれが欲しいと思った。

「高木、あっ、あっ……たか、ぎ……」

腕をたぐると、大きな身体が下りてきて、差し出された肩に摑まる。唇が触れる寸前で、固く目を閉じた高木が身体を強張らせた。最初に拒んで以来、高木はキスを仕掛けてこない。腕に力を込め、身体を浮かせ、下りてこない唇を自分から迎えに行った。揺らされながら重ね、受け入れようとしないそれを見つめる。

高木も真寛を見ている。寄せた眉が不快そうで、それが悲しい。だけど一瞬だけ触れた唇の熱さが新しい飢餓《きが》を呼び、どうしてもまた欲しくなった。

「高木……」

もう一度近づき、首を倒して横から合わさった。

「……嫌なんだろ?」

触れた唇が言った。それが拗《す》ねているようにも聞こえ、そうじゃないと、引き寄せた。

「……あ、……ふ」

上唇の内側を舌で撫で、ふっと緩んだ中へ忍ばせる。逃げていかないように腕に力を込め、更に首を倒した。舌先に触れ、おまえからも触ってくれと促すと、応えるように搦《から》め捕《と》られた。ぶら下がっていた腕の力を緩めて頭をシーツに沈ませたら、追い掛けてきた唇に、強く吸われた。

真寛が仕掛けた行為に高木が激しく応えてくる。顔の角度を変えながら、何度も合わさり、舌を絡め合った。熱くて柔らかくて、気持ちがいい。

「ぁ、んん、ふ、っあ、あぁ……は、あ」

貪《むさぼ》るような口づけに応えながら、真寛の口から声が溢れ出す。逃げていかないように首に摑まっていた両腕は、高木の背中を這い回り、しなやかな肌を撫でている。

「佐々倉……」

自分の名前を呼ぶ唇がもっと欲しくて自ら口を開いて誘った。ひらめかせた舌を吸われ、外に連れ出され、高木の中へ引き入れられた。

甘い声を漏らし、何度もキスをせがむ真寛を眺め、高木の目が和む。肌を合わせながらキスをするのが好きなのだと知られてしまい、だけど構わなかった。

離れた唇が真寛の耳に滑り、甘嚙みを繰り返したあと、頤に当たる。

「ぁ……ん、高木……」

はぐらかすようにわざとそんなことをして、真寛に甘い声を上げさせる。それからまた、嬉しそうに唇に戻ってきた。

「これが好きなんだ……?」

キスを与えながら深く穿ち、高木が揶揄してくる。否定も肯定の声も出さない代わりに、甘い吐息で応えた。口元を緩め、高木がまた与えてくる。

「ん、んあ、ぁあ、ああっ」

大きく仰け反った身体を追い掛けられて、強く揺らされた。身体は開ききり、奥深くまで受け入れている。真寛の絶頂を促そうと高木の腰が蠢き、反抗するように内腿に力を入れた。

高木の眉が、く、と寄り、大きな溜息を漏らす。

「……強情だな」

「どっちが……」

まるで我慢比べのような様相に高木が笑い、喘ぎながら挑むように真寛も笑い返した。

笑ったままの唇が下りてきて、それを迎え入れながら背中を撓らせた。繋がった中を擦らずに、腰を揺らめかせる行為が心地好く、いつまでもこうされていたいような気持ちになった。

攻防は長く続き、やがて真寛のほうに限界が訪れ、それを認めた高木の動きがまた変わる。

追い立てながら自分も追い上げられているような表情をしているのを見て、ああ、こいつも俺と同じに終わらせたくなかったのかと、ぼんやりと思った。

固く目を閉じ、喉元を晒す。揺らしながら、高木が柔らかく唇を吸ってきた。

「あ……ん、んん、……は、ぁあ、ああ、っ……っあぁ」

突き上げられ、唇を吸われながら精を放った。高木の動きは止まらない。喉を詰める音と、泣き声にも似た音を漏らし、高木が穿ち続ける。すべてを出し尽くしても、高木は動きを止めず、真寛の中に居続けた。そんな高木の背中に腕を回し、真寛も高木を抱き続けた。

身体の上を滑っていく温かい感触に一瞬意識が戻り、すぐさま睡魔に引き戻された。

「動けないか?」

問い掛けに目を閉じたまま「眠い」とだけ答えた。ふ、と息が漏れる音が聞こえた。温かい感触はずっと真寛の身体を撫で続けている。

「……だから飲み過ぎるなって言ったんだよ」

仕方がないだろうという反論は頭の中だけで、声にはならない。

湿《しめ》ったタオルが下腹部を撫で、内腿に滑り、足先まで清められている。素直に身を任せ、身体を拭《ふ》かれていた。

横になって丸まった身体の上に、毛布が掛けられる。上から押さえるようにポンポンと叩かれ、振動に促されるようにまた眠りに落ちていった。

頭の上に掌の重みがくる。そういえば、前もこんな風に頭を撫でられたような気がすると、深いところに落ちていきながら考えていた。いつか、誰の手だったか。懐かしい感触に、記憶が混同していく。

夢を見る暇もないくらいの深い眠りだった。

深酒をした日は決まって夜中に目覚めるのだが、それもなく、朝までぐっすりと寝ていたらしい。

朝の気配を感じて自然と目が覚め、身体を起こす。

下着も着けないままの身体は、昨夜の余韻を残し、少し腰が重い。ん、と伸びをしてからベッドを下りた。

寝室にもリビングにも人の気配はなく、台所にビールの空き缶が一つだけ置いてあった。


出社して自分のデスクに着くと、すぐに涌沢《わくさわ》がやってきた。

「昨日はすまなかったね」

誘っておきながら、真寛《まひろ》を置いて先に帰ってしまったことを詫《わ》びられ、真寛のほうからも頭を下げた。

「こちらこそ急に人数を増やしてしまって、申し訳ありませんでした」

連れていってくれと強引に言ってきたのは高木《たかぎ》だったが、同期のよしみで高木の分まで謝る。先に店を出た涌沢がそれまでの会計を済ませてくれていたのだ。

「それにしても、高木くんと仲がよかったんだな。知らなかった」

急な乱入者の分まで謝る真寛に鷹揚《おうよう》に頷《うなず》いてみせ、涌沢が笑って言った。

「……同期ですから」

抑揚のない真寛の声に、涌沢はそうだねと納得している。特に疑問も持たないその様子にホッとしながら、内心で首を傾《かし》げた。

新人歓迎会で泥酔《でいすい》した夜、真寛は介抱されながら、高木とのことをしゃべり、愚痴《ぐち》を言っていたはずだ。具体的な名前を出したかどうかは定かではないが、涌沢ならその相手が高木だと見当が付いたのではないか。昨日の会話で、何も感じなかったのだろうか。

「佐々倉《ささくら》さん、内線をお願いします。営業からです」

事務の声で機械的に電話を手にする。「営業」の言葉に一瞬心臓が跳ねるが、努めて冷静な声を出し「はい、システムサポートの佐々倉です」と答えた。

電話の向こうから高木の声がした。向こうもこちらに負けず劣らずの平静な声を出し、挨《あい》拶《さつ》をしてくる。

受話器を持つ手が強張《こわば》ったが、電話の内容は純粋に仕事のことで、データの入力が途中で止まってしまい、先の画面に進めないという問い合わせだった。高木の動かしている端末の番号を聞き、遠隔操作をしながら指導をする。電話口の向こうからは、高木と一緒に画面を確認しているらしい、事務員の声も聞こえてきた。

要は単純な操作ミスで、次の操作に行くための手順を一つ飛ばしてしまったための不具合だった。毎日の問い合わせには、この手のミスが多い。

「しかしここに飛ぶのになんでわざわざロックが掛かるんだ」

「操作の手順上仕方がないんです」

「でも前はこんなことをしなくても入力できた。今まで問題なかったのに、なんで却《かえ》って不便な仕様にするんだよ」

「セキュリティ上どうしてもこの作業が必要なんだ」

情報の流出を防ぐために、今までよりも強力なロックが掛かっているのを一つ一つ外していく作業に、時間が掛かり過ぎてやりにくいという苦情は、営業からが一番多かった。

「だいたい、前のやり方と全然違う。まるで手順が逆じゃないか」

「前のやり方のほうが不味《まず》かったんだよ。わざわざやりにくいことをやらされて、それに慣れてしまっているんだ」

システム部としては不具合に対応したバージョンアップを繰り返しながら完成度を上げていき、あとは操作する者に慣れていってもらうしかない。だが、その操作する側ではパソコンに疎《うと》い社員も多く、仕様を変えることに文句を言う人もいる。相手が高木なだけに、真寛も強い口調で反論した。自分の言っていることは間違っていない。

「一年もしてシステムが落ち着いたら不具合の調整もなくなるから。とにかく我慢してくれ」

「一年もこの状態が続くのか。訂正するのも手入力なんだぞ」

　真寛たちにとっては単純な直しでも、システムを理解していない連中にとって、それは途《と》轍《てつ》もないストレスなのだと糾弾《きゅうだん》された。

「新しいことに着手しているんだ。多少のロスは仕方がないだろう。こっちもそれに対しては全面的にサポートしている」

　システムを滞《とどこお》りなく稼働《かどう》させる業務に加え、こうした問い合わせにもかなりの時間を取られている現状で、こっちだって懸命にやっているのだ。それは分かってほしいと、真寛も真剣に説得に掛かった。

「社内だけのことなら我慢して慣れるさ。けどな、佐々倉。ロスが出るのは仕方がないっていうのは違うぞ」

　硬い声に思わずムッとする。

「社内システムの効率アップのために、顧客《こきゃく》に迷惑を掛けたら本末転倒だろうが。文句を言うのは自分たちが面倒だからじゃないぞ」

　身内の人間に、我慢しろ、待ってくれと言うのは簡単だ。だが高木たち営業の人間は、その言葉を顧客に対して使うことはできない。

「いつもより対応が遅いじゃないかって苦情が来ても、社内のシステムが変わったせいで、もう少し待ってくださいなんて言えないんだよ。分かるよな」

もっともな意見に次の言葉が出なかった。とにかくまた何かあったよろしく頼むと言い残し、内線が切れた。

「けっこう言われちゃった？」

隣のデスクで電話のやり取りを聞いていた同僚が慰《なぐさ》めるように笑い、肩《かた》を竦《すく》めた。

「こっちも総務がさ、取り消ししようとして決定クリックしちゃったって。なんでそういうことするかなあ。マウス使わないで、いい加減Fキーを覚えろよ」

あーあ、と大きく溜息《ためいき》を吐《つ》き、「お互い素人《しろうと》相手は疲れるよな」とうんざりした顔を向けられ、真寛も曖昧《あいまい》な苦笑を返し、画面に顔を向けた。


一日の業務が終わり、午前中高木に言われたことが気になっていた真寛は、営業部に出向いた。フロアの入口に立つ真寛を認めた高木が近づいてきた。

「解決したのか？」

室内を覗《のぞ》き、残っている人の様子を確かめる。

「ああ、朝のやつはな。あれはこっちもテンパってよく調べもしないで電話したから」

高木自身、出掛けようと思っているところへ書類が揃《そろ》わないと事務に泣き付かれ、慌《あわ》てたのだと、照れ臭《くさ》そうに説明してくれた。

「残業が増えているのか」

税率も変わり、仕入れ値も不安定な中、先の変動を考慮しながら顧客を納得させる金額を提示しなければならない。その上システムが変わり、みんな四苦八苦しているようだ。

「お蔭《かげ》さまでな」

切り返してくる声は相変わらず不機嫌そうだ。普段なら条件反射で言い返す真寛だったが、今日は高木の話を聞こうと、湧《わ》き上がる対抗心をグッと抑えた。高木たち営業部の言い分にももっともな部分があると思ったからだった。

「入力をするのに、いちいち認証されるのを待たないと次に進めないのは、効率が悪くて仕方がない。作業が止まるんだよ。まずあれをどうにかしてくれ」

太い眉《まゆ》を寄せたまま、高木が文句を言ってきた。今までもデータ入力をするに当たって形式上のロックシステムがあったが、それを改変し、今は誰がいつシステムにアクセスしたかが事細かく記録されるように管理化され、まずそれに時間を取られると高木が言う。

「それに、こっちは各営業所で地域に沿ったフォーマットを使っている。管理がしやすいってのはそっちの都合だろ？　なんで全部画一化させなきゃならないんだよ」

「バラバラの定義で提出されても、こっちでデータ化するのに膨大《ぼうだい》な手間が掛かるからだよ」

「だからそれがそっちの都合だって言ってるんだよ」

「そうじゃない」

確かに点在している営業所は、その地域に合わせた営業をしている。受注の規模も項目も様々で、その細々としたデータは営業所独自の財産になっていて、容易に共有できないシステムにでき上がってしまっている。長年なあなあでやってきたそういうやり方を、すべて改革しようとしているのだ。生半可な直しでどうこうできるものではない。

「決算期や棚卸《たなおろ》しに時間が掛かるのだって、適当なやり方で管理しているからだ。そっちのほうがよっぽど時間のロスだと思うけどな。先に商品を回してあとで辻褄《つじつま》を合わせたりしているだろう」

「決済待って商品卸す時間が勿体《もったい》ないんだよ。先に試用で回して、あとから売り上げに計上することのほうが多いんだ」

「そういうデータを完全共有化にしたいんだ。そのためにはセキュリティの強化が不可欠なんだよ」

議論は熱を帯び、互いの置かれている状況の主張になる。情報漏《ろう》えいの危機管理は最重要事項で、だが高木の言う、現場での意見ももっともなことだとも言えた。

「今のやり方が浸透すれば、結果的に効率が上がるってのは分かった。けど、現状を無視して進めるのはどうかと思う。とにかく、やりにくさでこっちの不満も爆発《ばくはつ》寸前なんだってことを把握《はあく》してくれ」

「分かった。上にも伝えておく。サポートは今まで通り対応していくから、トラブルや分からないことがあったら、いつでも問い合わせてくれ」

「そうしてくれると有難《ありがた》いな」

「ああ。こっちもそういった声が聞けるのは有難い。確かに情報を送るだけであとは自分たちでやれっていうのは不親切だったな。全員がエキスパートなわけじゃない」

「むしろ素人ばっかりなんだよ。教えられた通りにやったって、入力してる本人が訳分かってないっていう場合がほとんどなんだ。業務が完全に細分化されたら、どっかで間違われてもこっちも見つけられない。そういうのが一番怖い」

「そうだな。それも考えてみる」

いつもは意見を言われても反発するだけで、聞く耳も持たなかった真寛にしては、かなり素直な対応だった。考えてみたら、仕事で高木とこんな風に議論したことも初めてだ。部署が違うのだからどうせお互いの立場など分かり合えないと決めつけていたが、立場が違うからこそ気付くこともあったのだと今さら思う。

以前よりも二人の関係は悪化しているはずなのに、不思議なものだ。

そんなことを思いながら真寛が顔を上げると、今まで意見を言いながらこちらを真《ま》っ直《す》ぐに見つめていた高木の目がゆっくりと外れていった。

「帰るところだったのか？」

気が付けばフロア内に人がいなくなっていた。真寛が聞くと、高木はこちらを見ないまま

「ああ」と答えた。

そういえば、高木は昨夜いつ帰ったのだろう。終電のあった時間だったのか、それとも早朝に部屋を出たのか。前後不覚に寝入っていたためそれも分からない。

「昨夜は……」

「今日はデートの仕切り直しか？」

真寛の声を遮《さえぎ》るように高木が聞いてきた。

「……いや」

「昨日は邪魔《じゃま》しちまったからな。ゆっくり逢《あ》えば？」

さっきまで仕事の話をしていた時は普通だったのに、今目の前にある顔には皮肉な笑みが浮かんでいた。

一瞬埋まったと思った溝はそのままで、更《さら》に広がっている。固い横顔を見つめながら、そうだった、俺はこの男に軽蔑《けいべつ》され、脅迫《きょうはく》されていたんだったと思い出した。

普通に話せただけで、何を勘違いしたのか。今さら涌沢との関係を言い訳したところで、高木には何も関係ない。

不倫の相手を毎日部屋に招こうが、社内で頻繁《ひんぱん》に逢引《あいびき》をしていようが、真寛が自分のしたことに後悔《こうかい》していようが、どうでもいいことなのだ。

「あの、すみません」

無言のまま廊下《ろうか》に突《つ》っ立っている二人に、遠慮がちな声が掛かった。総務部のネームプレートを付けた女子社員が高木を見つめている。

「忘年会のことで相談があるのですが」

女性に向け、高木が笑顔を作った。

「忘年会？　いいよ。この時間まで回っているんだ。大変だな」

気さくで爽《さわ》やかな外側の顔を見て、よくまあここまで簡単に変えられるものだと感心した。

「人事部を先に回ったから、遅くなっちゃって。高木さんがまだ残っていてよかった。参加人数の確認なんですけど、その後変更なかったですか？」

会釈《えしゃく》をしてその場を離れる。横目で真寛を見た高木は、すぐにその視線を目の前の女性に戻した。

「ああ、こっちは……」

忘年会か。そういえばそんな季節だったなと思い出す。毎年各部署を超えた大々的な忘年会が行われていたが、真寛はそういったものに参加したことがない。そんな場で親交を深めようとも思わないし、未《いま》だに酒の席は苦手だ。

打ち合わせをしている二人の姿を目の端に捉えながら、廊下を曲がった。背の高い高木を見上げ、女性が笑顔で話している。ああ、あの人は高木のことが好きなんだなと、その横顔を見て思った。

騙《だま》されているぞ。嬉《うれ》しそうな女性の横顔に心の中で毒づく。

そんな爽やかそうな顔をしているが、その男はえげつないことを平気でしてのけるやつなんだと言ってやりたかった。

人を脅《おど》し、卑怯《ひきょう》な手を使い、ゲイでもないのに男を抱ける。そう言ってやったらあの女性はどんな顔をするだろうか。

高木が真寛を抱いたのはつい昨日のことだ。自分の上で揺れていた男の顔を思い浮かべる。苦しそうで、それでいて気持ちよさげな顔が近づいてくる。キスをせがんだら応えてくれた。

昨日のあれはいったいなんだったのか。

二人の姿が完全に見えなくなり、エントランスに向かって歩きながら首を振った。

何を考え、……何を期待して、わざわざ高木のフロアに顔を出すようなことをしたのか。

「……馬鹿《ばか》臭い」

結局分かったことは、高木は昨夜の出来事をなんとも思っていなかったということだ。

向かい合っている二人のシルエットが目に残っている。お似合いだと思った。

営業部がやらかしたらしい。

そんな噂《うわさ》が真寛の耳に入ってきたのは、年が明け、年始の慌しさが落ち着いてきた頃だ

った。

システム部では相変わらず定期的なバージョンアップを繰り返していたが、少しずつ落ち着きを見せ始めていた。システムサポートに寄せられる問い合わせの内容も初歩的なものから、応用の操作に関するものに変わっていた。

慣れてきてからが一番危ないのだと、一般に言われている通りの事態が発生した。新しく作られたフォーマットの入力欄《らん》にデータを移す際、商品コードが一段ずれたまま最後まで打ち込んでしまい、それに気付かずに発注してしまうという、信じられないような単純ミスが起こった。営業部では今、全員で謝罪と対応に飛び回っているらしい。

報告を受けたシステム部はざわつき、あちこちから苦笑と呆《あき》れ声が上がっていた。

「こういうのがあるのから怖いよな。気を付けてもらわないと」

誰かが言い、周りも頷くが、その顔は他人事《ひとごと》だ。

ミスの内容を確認するために、真寛は営業の発注履歴《りれき》を調べていた。高木から問い合わせがあったのは半月前で、件《くだん》のミスはそれとは関係ないことを確かめた。一瞬胸を撫《な》で下ろすが、すぐにそうではないのだと思い直した。

仕事が終わってから、真寛は営業部のフロアに足を向けた。室内の人はまばらで、残務処理を行っている事務員が数人いるだけだった。

「お疲れ様です。システムサポートですが、その後どうですか？」

残っている一人に声を掛け、事態が収拾したのかを聞いてみる。声を掛けられた女性は情けなく目尻《めじり》を下げ、今日はそのまま謝罪の宴席《えんせき》が設けられるのだと答えた。

「さっき高木さんから連絡が来ましたから」

「え、高木が?」

高木の名前が出て、思わず聞き返す。

「今回の件、高木が関わっているんですか?」

ミスを犯したのは高木ではないが、得意先は高木が担当を引き継いだばかりの企業だったと聞き、真寛は青ざめた。

「それで、相手先のほうからは許してもらえたんですか?」

取引先は大手ではないが、付き合いが長い。中小企業は横の繋《つな》がりも強いから、へそを曲げられて今回のミスを吹聴《ふいちょう》されでもしたら、他の取引にも影響してくる。

「商品の取り換えはもちろん、運送費とロスの出た分のリース期間のサービスと、あとは今日の接待の席でまあ、謝り倒すってことでしょうね」

付き合いが長かった分だけ向こうも寛大な対応をしてくれたらしい。

取りあえずはミスの挽回《ばんかい》はできたらしいと理解して、ホッとした。顔を出したついでに新しいパソコンのレクチャーをし、疑問点や不満を聞き、対処法などを教えた。

全員がエキスパートなわけではないと、高木が言っていたのはその通りで、長年ここに勤めているはずの事務員も、新しいやり方にまだ慣れず、かなりの戸惑いが伝わってきた。真寛たちにとっては当たり前の操作も、裏ワザのような扱いをされ、なんでこういう便利な操作を早く教えてくれなかったのかと文句を言われた。

「だいたいこの顔認証システムっていうのが腹立つんですよ」

「ああ、腹が……立ちますか？」

八桁《はちけた》の社員番号をいちいち入力するよりはよほどいいのではと思うのだが、それも不評らしい。

「だって。午後になると認証してくれなくなるんです。化粧《けしょう》落ちてるぞ、おまえは別人だ、って言ってくるんですよ？　失礼じゃないですか」

「あー……」

憤然《ふんぜん》と言ってくる事務の女性に答える言葉がなく、汗を掻《か》く。これが高木だったらすかさず気の利いたことを言って彼女を気持ちよくさせられるんだろうと思うが、真寛にはそれが大変難しいことだった。

「それにこの画面も前と全然違って、すぐに項目が見つけられない時があるんですよねぇ」

「そうですね。変わったばかりだし、慣れるのが大変ですね」

そこはとにかく場数を踏んで慣れてほしいところだが、以前のように突き放しては言えなかった。現場で苦労しているのは今目の前にいる女性であって、また彼女も決して努力を怠《おこた》っているわけではないことが分かるからだ。

「でも、そのうち慣れたらやりやすくなって事務処理も楽になるんですよね。一年後にはこっちのやり方でよかったたって絶対思うようになるって、高木さんが言っていましたよ」

画面から目を離さないまま事務員が言った。

「そうなんですよね」

返事をしない真寛を振り返り、念を押すように聞かれて、「そうです」と、強く頷いた。

「私なんか、もう前のやり方に慣れちゃってるから大変なんですけどね。時々フラッシュバックしちゃって」

新システムについて、このフロアの人たちが不満を漏《も》らす度に、慣れるように頑張りましょう、絶対効率が上がるからと、高木が説得していたのだと教えてくれた。

真寛に苦情を言いながらも、高木はちゃんと先を理解し、庇《かば》ってくれていたのだ。

「前のシステムより確実にやりやすく作ってあるはずです。気が付いたらなんでもいいので問い合わせてください」

よろしくお願いしますと、真寛は頭を下げた。


翌日出勤すると、社内は営業部の噂で持ち切りになっていた。

前日に起こった例のミスで、得意先に謝罪に向かった営業の一人が大変な目に遭ったと聞かされた。接待の席で酒癖《さけぐせ》の悪い取引先に絡まれ、スーツを酒浸《さけびた》しにされたしい。タクシーにも乗れず歩いて帰ったのだという。

真寛は落ち着かない気持ちのまま昼休みを待ち、営業部に顔を出した。フロアを覗くと、高木の姿はなく、昨日真寛がパソコンのレクチャーをした事務員が気付いてくれ、高木の先輩である武藤《むとう》を呼んでくれた。

武藤は営業班のチーフの一人で、高木を指導する立場にある人だ。当然昨日の接待に出席していて、事の顚末《てんまつ》を真寛に教えてくれた。

昨日接待先で無体を受けたのは高木だった。今日は休みを取っているという。

武藤は「酷《ひど》い目に遭った」と言いながらも、その声は明るかった。

「高木の機転で大事にならなかったから。ちょっとね、酒乱の気《け》のあるお得意さんだったもんで、連れていった女子社員にさ……」

武藤が苦笑いをした。

ネチネチ嫌味を言われるのは仕方がないことだったが、エスカレートした相手にセクハラまがいの絡み方をされ、場が荒れてしまったのだそうだ。女性を庇って間に入った高木は頭から酒を被《かぶ》ってしまったのだという。

「実際シャレにならない掛けられ方されて、一瞬場が凍り付きそうになったんだけど、あいつ、キョトンとして、すぐに笑いに持っていったんだよ」

酔《よ》って引っ込みのつかなくなった相手を上手《うま》く宥《なだ》め、最後には上機嫌にさせたのだから、たいしたものだと武藤は笑った。

今日の休みは高木に与えられた功労賞だということらしかった。

「まあ、今後高木はあそこの担当から外れてもらうことになるけど」

「え、どうしてですか？」

「そりゃあ、相手側のほうが気まずいだろうからさ。あの場は収められたけど、ネタにして笑えるようなことじゃないし、あっちも忘れてもらいたいだろう」

理不尽な扱いを受けたのは高木なのに、担当を外されるのかと思ったが、武藤は「そんなもんだ」と軽く言った。

「契約を切られたわけじゃないし、これでこっちのミスも帳消しになったし、プラマイゼロだから」

落ち度は完全にこちら側にあり、その尻拭《しりぬぐ》いをした。担当が一人外れただけで済んだのだから問題はないと言われ、納得できないものの、頷くしかなかった。

その日の仕事を終え、迷った末に真寛は高木の部屋を訪ねることにした。

ミスを犯したのは営業部の責任で、気に病《や》む必要がないと分かっていても、どうしても自分たちの仕事と切り離しては考えられなかったからだ。

システムが変われればやり方も変わり、それに伴う時間のロスや単純なミスも起こるだろうとは想定していた。より効率のいいシステムを作り上げるためには、そういったミスは逆に不可欠だとも考えていた。それで業務に支障を来してはならないが、それが具体的にどんな結果を生み、誰が頭を下げるのかまで、考えが及んでいなかったのが正直なところだった。

こうなることが一番怖いのだと高木は言っていた。そしてその通りのことが起こったのだ。単純な入力ミスの報告を聞き、システムの連中は鼻で嗤《わら》っていた。そういったヒューマンエラーは自分たちの関知するところではなく、プログラミング上のバグやエラーこそが真寛たちの考える重大なミスだからだ。

高木の話を聞いていなければ、真寛も深く考えることもなく、そんなところまでケアできないと一緒に嗤っていたかもしれない。だけど今は仕事に対する構えが変わっている。

ドアチャイムを鳴らし、インターフォン越しに名前を告げる。ドアを開けた高木は驚いた顔をしていた。

一日中部屋にいたのか、高木は上下のスウェットを着ていた。髪もボサボサで髭《ひげ》も生えていた。

「これ」と袋を差し出すと、高木が驚いた表情のまま、それを受け取った。以前高木が真寛の部屋に来た時に持ってきた物と同じ銘柄《めいがら》のビールだ。

「昨日……大変な目に遭ったそうだな」

入れと言われなかったから、玄関ドアの前でそう言うと、高木はまだ茫然《ぼうぜん》とした様子で、「……ああ」と頷き、渡された袋の中を覗いた。

「歩いて帰ったんだって？」

「ああ、うん。……まあ」

曖昧な返事をしながらまだ袋を見つめている。

「それでわざわざ？」

「そうだな。……気になったから」

「ふうん」

ぎこちない空気が流れ、沈黙が訪れた。

「本当に、ただ気になっただけだから」

今回のミスはシステムが変わったことに起因しているが、真寛が責任を負うようなことではないと、自分でも分かっている。それでもやはり気になったのだ。ただそれだけの理由でやってきてはみたが、高木が不審に思うのも当然だったと、困惑した風情《ふぜい》を見ていて急に恥ずかしくなった。

「じゃあ……」

濡《ぬ》れたスーツのまま歩いて帰ったと聞いたが、風邪《かぜ》を引いている様子もない。見たところ落ち込んでもいないようだと、それだけを確かめて踵《きびす》を返した。

「おい、上がっていけよ」

背中に掛かった声に足を止め振り返る。相変わらずボサボサのまま、高木が不機嫌そうな顔をして立っていた。顎《あご》でしゃくられ戻っていくと、真寛が玄関に入ってきたのを認めたあと、高木が部屋の中に戻っていった。

入ってすぐダイニングを兼ねた台所があった。シンクには洗い物と弁当やカップ麵《めん》の容器が一緒くたに溜《た》まっている。

奥にある十畳《じゅうじょう》ほどの部屋がリビングのようだった。部屋はそれだけで、隅《すみ》に布団《ふとん》が丸めて置いてある。真寛が来る直前まで読んでいたのか、新聞が床に広げられていた。

爽やかさが売りの営業のホープの私生活は、意外にだらしないものだった。そんな部屋に真寛を招いた高木は、丸めた布団を更に丸め、床にあった新聞や雑誌を纏《まと》めて積んだ。大きな身体《からだ》を動かしている様子は、戸惑いながらも何処《どこ》かいそいそとしている。

早い時間から飲んでいたらしく、テーブルにはビール缶と、コンビニの惣菜《そうざい》がパックのまま載っていた。その横に灰皿がある。吸殻《すいがら》が一本入っていた。

「煙草《たばこ》を吸うのか？」

入社してから今まで、高木が煙草を吸っている姿を見たことはない。

「ああ。時々な」

「知らなかった」

「外ではほとんど吸わないから。っていうか、やめてたんだけど、最近また吸うようになった」

吸殻が一本だけ入った灰皿を取り、高木が台所に持っていった。戻ってきた手にはグラスを持っている。

「飲むか？　コーヒーでも淹《い》れようか」

本人が飲んでいるのに自分のためだけに淹れさせるのも悪いと思い、ビールをもらうことにする。

「少しにしておけ」の言葉にムッとして睨《にら》んだ。真寛が酒に弱いと知っていての言葉だが、牽制《けんせい》するように先に言われるとどうしても反発してしまうのだ。悪い癖だが高木を前にすると、それが特に顕著《けんちょ》に出てしまう。

真寛が持ってきたビールをすぐに開け、グラスに注《つ》がれた。高木自身は缶をそのまま呷《あお》っている。

「で、わざわざ来たわけか。様子を窺《うかが》いに？」

「ああ。武藤さんに聞いた。酷いことになったな」

「たいしたことないよ」

「でも、担当外されるかもしれないって」

真寛の声に高木は「ああ」と、思い出したような声を出して笑った。

「いいんだよ。気にしていない」

「ミスをしたのはおまえじゃないんだろ？　それに昨日のことだって……」

「そういうのは関係ない。迷惑を掛けたのはうちの会社だ。誰のミスかなんていちいち言及してたら、仕事ができなくなる」

「それはそうだけど」

「契約切られたわけじゃないし、あれで済んでよかったんだよ」

昼間、武藤が言ったことと同じことを言い、高木は一向に気にしていない顔でビールを飲んでいる。

「やりにくいだなんだ文句言ってないで、慣れろってことだろ？」

「いや……」

「本当にたいしたことじゃないって。よくあることなんだよ。俺なんかよりよっぽど酷い目に遭った先輩なんかごまんといる」

接待の席で酒浸しどころか二度とそのスーツが着られなくなったような事案や、大の男が涙を流すほどのトラブルも数えきれないほどあったと、高木が教えてくれた。

「だからほんと、あれくらいのことで逆に『よくやった』なんて褒《ほ》められて、休みもらえたぐらいなんだから、儲《もう》けもんだ。いちいち大袈裟《おおげさ》に騒いでたら営業なんてやってられないんだよ」

高木の言い分はもっともなようにも聞こえ、だけど言葉の端々に、だから気にするなと真寛を慰めているようにも聞こえた。

「システム部のほうで、これを対岸の火事だと思わないでくれるといいんだがな」

きつい目で睨まれ、釘《くぎ》を刺された。高木は今回のことに対するシステム部の反応を予測していたのだろう。そしてそれが間違っていないことに引け目を感じた。

「でもまあ、一人はそうじゃないやつがいただけでも進歩だと思おう」

そう言ってビールを運ぶ口元には皮肉ではない笑みが浮かんでいた。

「お互いの現状を理解した上で、でもやっぱり通さないといけない主張ってのはあるから」

まったくその通りだと思う。相手の立場を慮《おもんぱか》っていたら改革など進めていけない。ただ、こちらが正しいからといって押し通すだけでも駄目なのだ。真寛たちが作り、配信したシステムを使うのは高木たちで、ロスもミスもデータ上の数字だけで片付けてはいけないのだということを、真寛は今はっきりと理解したのだった。

高木はそれをすでに理解していた。だから真寛にクレームを入れ、その裏側で先を見据《みす》え、営業部の中で説得もしてくれていたのだろう。

シンプルでシビアな意見には反発する余地もない。

入社してもうすぐ二年。高木との差は広がるばかりで、この男にはやはり敵《かな》わないと思い知らされる。

だがいつものような、歯嚙《はが》みをするほどの焦燥感《しょうそうかん》は湧いてこなかった。上下のスェットで、無精髭を生やしたままの顔を見ているからかもしれない。それとも、自分から進んで高木の話を聞こうと、素直に耳を傾けているからかもしれない。

グラスに注がれたビールは泡がとっくに消え、それを大事に両手で包んでいる。あまり飲むなと言われたからではなく、意識的にグラスが空になるのを遅らせている。元から犬猿《けんえん》の仲で、今では拗《こじ》れきっている二人の関係のはずなのに、早く帰りたいという気持ちが不思議と起こらなかった。

「もう温《ぬる》くなっただろう、それ」

掌《てのひら》で温めるようにしながらチビチビと飲んでいる真寛に、高木が新しい缶を取りに立ち上がった。高木のビールもすでに一本空いている。

台所に立っていった高木を待ちながら、改めて部屋を見回す。

一間に生活の全てを詰め込んだような雑多な部屋は、腰《こし》を落ち着けてしまうと妙に居心地が好《よ》い。本棚と物入れが一緒になったキャビネットには、これもなんの脈絡もない雑誌や本、漫画が詰め込まれていた。旅行、スポーツ雑誌にノウハウ本、歴史小説に恋愛小説までが、読んだ順番のままのように並べられていた。好奇心の強い高木らしい。

「小説なんか読むんだな」

「ん？　ああ。借りもん」

戻ってきた高木が、新しい缶を開けながら答えた。促されて温くなったビールを飲み干し、冷たいのを注いでもらう。高木も真寛同様、この空気を気詰まりだとは思っていないらしい。

「よく行くバーがあって。大学の先輩がやってる店なんだけど。本好きの人が多くてさ。薦《すす》められるんだ」

「へえ」

しょっちゅう顔を見せているうちに客同士で親しくなり、休みの日などに集まって遊びに出掛けることもあるらしい。

「いろんな職種の人がいるから面白いぜ。なんかあるとすぐに呼び出される。今度フットサルの試合をやるんだ」

「フットサル、やってるのか」

「ああ。始めたのは社会人になってからだけど。その先輩に引っ張られてな」

大学の後輩で、比較的年も若く、運動神経がいい高木は重宝されているらしい。周りに可愛《かわい》がられている高木の様子が容易に想像できる。

そういえば、初めて高木と会った時に、そのガタイのよさに、何かスポーツをしていたんだろうと思ったことを思い出す。二年近く同じ職場で働いていても、高木のそういった情報を真寛は何一つ知らない。

突然、不思議な感覚が訪れた。

同期で同じグループからスタートしたのに、真寛は高木のことを何も知らず、それは相手も同じだ。それなのに、自分は高木の身体の重みを知っている。お互いがどうされれば感じ、喜ぶのかを身をもって知っているのだ。

出会ったその日に衝突し、一方的な態度で関係を拗らせた。後悔は深く、だけど修復できなかった。合宿の初日に戻りたいと何度も思った。あんなことがなければ高木と親しくなれていたのにと。

それが今、高木の部屋でビールを飲みながら平和な会話をしている。あれだけ後悔し、願っていた光景の中に自分がいて、そのきっかけが、不倫を知られ、脅された結果なのだ。

「どうした？」

不思議な思いに駆られ、茫然としている真寛を高木が訝《いぶか》しむようにして覗いてきた。

「ああ、いや。……いろんな本を読んでるんだなと思って」

「ああ。まあ。薦められたり、興味を持ったり」

背表紙を眺《なが》めていると、高木がその中の一冊を手に取り、パラパラと捲《めく》った。

「これも借りたやつ。けっこう面白かった」

「ふうん」

手渡された分厚いハードカバーを開いてみる。戦国時代の海賊《かいぞく》と呼ばれた武将と、その娘の生涯《しょうがい》を綴《つづ》った物語で、武将の名前は知っていたが、読んだことはなかった。

「おまえはこういうのは読まないか？」

「ああ、うん。そうだな。仕事関連の専門書ばっかりだ」

本を返しながら答えると、高木はそれを元の場所に戻し、「ああ、おまえはそんな感じ」と、勝手なことを言って笑った。

「俺は取りあえず手当たり次第。知っといて損はないし、得はしなくても、な。いつか役立つかもしれないし、単純に面白いってのもあるし。雑食なんだ。いろんな考え方を知れるし」

「……凄《すご》いな」

柔軟な思考と対応力は、天性のものに加え、こういった努力もあるのだろう。視野が狭いことを自覚している真寛は、こういうところでも自分の怠慢《たいまん》さを痛感した。いつか高木に言われた通り、自分はあらゆることに努力が足《た》りない。

「別に。普通だろ？」

照れ隠しのように真寛のグラスにビールを注いでくる。

「一つのことに囚《とら》われて、人の意見を聞かずに主張だけするのは、俺の悪い癖だ」

注いでもらったビールを少しだけ口に含み、反省めいた言葉を初めて口にした。

「言い負かしてなんぼだもんな、おまえは」

からかうような口調にグっとなり、反射的に睨むが、高木は相変わらず真寛のそんな態度には動じない。

「まあ、分かっているんならいいんじゃないか？　そのうち丸くなっていくさ。嫌でも」

上からの物言いに苦笑が漏れる。努力家でもある高木は、それを人に知られたくないくらいに負けず嫌いだ。加えて真寛と同等か、それ以上にプライド高く自信家でもある。そんな高木を社のどれだけの人間が知っているのだろうか。

この男の持つ黒い部分を知っているのはたぶん真寛だけだ。それを考えると何故《なぜ》か優越感に近い心地好さを覚えるのが不思議だと思った。

「何笑ってる？」

知らず口元が綻《ほころ》んでいたらしい真寛を認め、高木が聞いてきた。

「いや」

思っていることを口にしたら、どんな酷い目に遭わされるか。そんなことを考え、いつかの夜の出来事を思い出し、慌てて下を向く。ビールを飲む真寛を、高木がじっと見つめていた。

「正論を並べて論破しても、意味がないもんな。相手を不快にさせるだけで会社が潤《うるお》うわけじゃない。職場でもよく注意される」

邪《よこしま》な考えが過《よぎ》ったことを誤魔化し、そう言うと、高木がふ、と息を吐いた。

「……ああ。言われてたもんな。あそこで」

顔を上げた真寛をちらりと見て、高木が口端を上げる。

「涌沢さんはそういう佐々倉が可愛いって言ってたんだよな」

資料室での会話を持ち出す顔に浮かんでいるのはいつもの皮肉な笑みだ。そうやって笑いながら、真寛を見据える目つきには険があった。

「諭《さと》されて反省して、慰めてもらうんだ？」

今までの何処か緩んだ空気は完全に立ち消えていた。ついさっき機嫌がよさそうにビールを注いでくれたのに、何が高木の機嫌を損ねたのか。

きついままの視線が真寛に注がれている。次には何を言われるかと、逃れるように視線を彷徨《さまよ》わせた。部屋の隅に置いてある布団を捉え、顔を伏《ふ》せる。高木が見つめている気配は消えず、ゴクリと喉《のど》が上下した。

俯《うつむ》いたまま手で包んだグラスを口に持っていく。飲みたいとも思わないが、何かしていないと不安だった。いつ手が伸びてきて、引き寄せられるか。

向かいに座っている高木もビールを飲んだ。ぐい、と顎を上げて流し込んでいる。喉元が動くのを盗み見ていると、缶から離れた口が大きな溜息を漏らした。視線は真寛に戻らず、横を向いたままの口端が上がった。

「ああ、そういえば忘年会に涌沢さんが来てたぞ」

「へえ……」

「本当、人当たりいいよな。飲んでも崩れないし、妻帯者ってのがまたポイント高いんだよ、あの人の場合。家庭を大事にしてますっていうの。本人も分かってるんだよな」

上から目線で涌沢を評する意見は、相変わらず辛辣《しんらつ》だ。

「正月は奥さんの実家に帰るんだって言ってた」

横を向いていた顔がこちらを向き、楽しそうに真寛の目を覗いてきた。

「何が言いたいんだ？」

「いや。おまえはどんな正月を過ごしたのかなと思って」

家庭のある人と交際をしている者の、日陰の寂《さび》しさでも揶揄《やゆ》しているのか。それを聞いた真寛が自分の身のほどを思い出し、傷付けばいいとでも思っているのか。

「だから何？」

正月なんか、涌沢とこうなる前からずっと一人で過ごしていた。実家に帰ることはあっても、ただそこで過ごすだけで一人なのは一緒だ。

それはこれからもずっと変わらない。何故なら真寛には、今ある家族以外に新しく家庭を持つという未来などないからだ。

「俺はゲイだからな。そういうのは一生関係ないから」

真寛の声に高木がハッとした顔をし、バツが悪そうに俯いた。

そういう高木はどんな正月を過ごしたんだろう。ああ、そういえば正月の前にはクリスマスというイベントもあったんだっけ。

年末のいつか、高木の元を訪れた総務の女性がいた。並ぶ二人が似合いだと思ったことを思い出す。

向かい合う二人を見て、この男の本性をぶちまけてやりたいと思った。どんな顔をするかとほくそ笑んだ、あの時の黒い感情はなんだったのか。

「……帰る」

急いで立ち上がり、玄関に向かった。

「っおい、待てよ、佐々倉」

追い掛けてきた高木に腕を摑《つか》まれた。強い力でそれを振り払い、靴《くつ》を履《は》いた。困惑した声で真寛を呼ぶ高木の顔を見ることができない。

恥ずかしくて仕方がなかった。

何をわざわざ高木の部屋まで訪ねてきたのか。

気になったから、システム部にも責任があったから。そんなものは建前上の理由で、結局は高木にただ逢いたかったのだ。

二度目に抱き合ったあの時の光景が忘れられず、何かを期待し、のこのこやってきた。それはあの日のあれを、もう一度確かめたいという浅ましい願望があったからだと、今になって自分で気が付き、慌てている。

「佐々倉。ちょっと待てって」

「触るなっ」

肩を摑まれて叫んだ声は、悲鳴のような音になった。怯《ひる》んだように高木が固まる。

「俺に構うな。……もう、やめてくれ」

口実を作って部屋なんか訪ねて。何か土産《みやげ》をと考え、あまり凝《こ》ったものだと気恥ずかしいなどと、そんなところにまで虚栄心を働かせ、いつか高木が持ってきたビールをいそいそと選んで。

「上に告げ口するならすればいいだろ。触れ回ればいい。もうたくさんだ」

馬鹿かと思う。

いつもと違う穏やかな雰囲気に油断し、反省したような振りをしながら弱音なんかを吐《は》いてみせた。そんな無意識の甘えを、敏感な高木は真寛自身が気付くよりも早くに察知したのだ。

意図的に変えられた空気は高木の意思だ。俺たちはそんな関係じゃないだろう。何を和《なご》んでいるのかと。

それなのにその腕が伸びてくるんじゃないかと、恐怖しながら期待した。またあの時のように自分を抱いてくれるのではないかと、望んだのだ。

自分の浅ましさに嫌悪が湧く。死んでしまいたいほど恥ずかしかった。

もう二度とあんなことは起こらない。高木が真寛を抱くことはない。プライドばかり高く、敵意を剝《む》き出しにする目障《めざわ》りな男を陥れ、打ちのめすことに成功し、気が済んだのだ。

「俺も言うから。……おまえに脅されたって言うから。証拠なんか関係ない」

高木は凍ったようにそこから動かない。

「今日はそれを言いに来た。だからもう……俺に構わないでくれ」

制裁は充分に受けたのだからと思う。

真寛を抱いた行為は、高木にとっては制裁なのだ。会えば反発してくる気に食わない男を打ちのめそうとした行為は成功した。

「どうかこれで……終わりにしてほしい」

真寛を見下ろしたまま動かない高木に、深々と頭を下げた。


「今夜はどうかな。いつかの埋め合わせに」

静かな声で涌沢が誘ってきた。昼休みが終わり、真寛がデスクに着いたところだった。フロアにはまだ誰も戻っていない。

高木の部屋を訪ねた翌日。寝不足の身体のまま、なんとか仕事をこなしていた。

見下ろしてくる涌沢の顔を見つめ、ゆっくりと頭を下げる。

「すみません」

「つれないな」

笑みを崩さないままの涌沢が、頑《かたく》なに俯いている真寛の顔を覗いてきた。

「最近変じゃないか？　……心変わりでもした？」

冗談交じりの言葉は、そんなはずはないと高を括《くく》っているようで、笑いに紛らせながら、真寛の真意を探っているようにも聞こえた。

「じゃあ、明日ならどう？」

仕事や体調を理由に、涌沢の誘いを断り続けていた。もともと頻繁でもなかった誘いが、そうなるとこまめになってくる。

フロアに視線を巡らせ、まだ誰も戻っていないことを確かめてから、真寛は立ち上がった。未だ笑みを湛《たた》えている涌沢に向かって、きっちりと頭を下げる。

「すみません。……心変わりをしました。もう以前のような付き合いはできません」

真っ正直な真寛の言葉に涌沢は一瞬ポカンと口を開け、そのあとに声を上げて笑った。

「そうか。心変わりをしたのか。それじゃあ仕方がないね」

可笑《おか》しくて堪《たま》らないというように身体を揺らし、もう一度真寛を見つめてくる。

「僕とのことを、その人は知っているの？　僕の知っている人？」

「いえ……」

涌沢の質問に、曖昧に言葉を濁《にご》した。相手がどういうことではないのだが、涌沢は真寛に新しい恋人ができたのだと思ったらしい。

それに、心変わりというのは涌沢の言葉をそのまま使った単なる方便で、実際心は変わっていない。涌沢のことを初めから愛していたわけではなかったのだから。

「そう固く考えることもないんじゃないかな。付き合うとか別れるとか、きっぱりと線を引かなくてもいいと思うんだけど」

見つめてくる目は未だに優しく細められていて、笑顔のまま関係を続けようと仄《ほの》めかしてくる。

「今までだって頻繁に会っていたわけじゃないんだし」

確かに仕事の延長から身体の関係を持つようになり、その境界が曖昧なままの一年近く、二人の逢瀬《おうせ》はそれほど濃厚なものではなかった。涌沢に家庭があったことが原因だが、それだけではなかったのだと、今になって思う。

ただ寂しい時、自分が嫌になった時、誰かに甘えたくなった時、そんなことはないよと慰められ、理解され、愛されているという錯覚に浸りたいだけだった。

「ね、だからそう思い詰めないで」

頑なな真寛に、相変わらず温和な顔で、涌沢が気軽にいこうよと言った。

「新しい彼氏も、そういうのは重いんじゃないかなあ。ほら、結婚できるわけでもないし、あまり一途《いちず》に思い詰めると引かれることだってある」

「涌沢さんも引きますか？」

一瞬虚を衝《つ》かれたような顔をした涌沢は、すぐに笑顔を取り戻した。

「僕は立場が違うから。でも、そうだな。もし僕が独り身だったら、僕のほうが思い詰めて、逆に君に引かれていたかもしれない」

「まさか」

「本当だよ。……まあ、僕には何も言う権利はないし、仕方のないことだけどね。でも心配だ」

「心配……ですか？」

「そう」と、慈愛の籠《こも》った目をした涌沢が頷いた。

「佐々倉くんはほら、少し不器用なところがあるだろう？　一直線に追い詰めていくというか。そういう恋の仕方は続かないものだ。君の場合、難しいよね」

恋は何度か経験した。その度に言われた。おまえとは難しい。どうしてそうなんだ。もううんざりだと。

性格のきつさは自覚している。だが闇雲《やみくも》に攻撃だけをしているわけではない。自分の容貌《ようぼう》に惹《ひ》かれて寄ってくる人は、初めは外見と違うことに驚き、面白がり、やがて苛立《いらだ》つ。そしてそんな捨《す》て台詞《ぜりふ》を残し、去っていく。

「そうですね。難しいと思います」

悩んだ時期もあったが、今はもう悩むことすら面倒になっていた。相手に合わせて言いたいことも言えずに我慢をしてまで真寛も続けたいと思わない。もっとも、そこまでして引き留めたいと思う人に出会っていないこともある。

「これでも僕は、君のことを一番理解しているつもりだよ。佐々倉くんはそういうところ、融通が利かないからね」

そう言って、真寛の顔を見つめながら、「ま、そこが可愛いんだけどね」と涌沢が笑った。自分ならそんな真寛を受け止められるという余裕の表情だ。

「可愛いし、心配だ。追い詰めて、結局君自身の逃げ道を塞《ふさ》いでしまうだろう？　そうなった時、君は一人になってしまう。……真寛のことはいつだって気にしていたよ。もっと頻繁に会えたらどれだけいいかと思う」

頭の回転の速い人なんだなと、優しい笑みを湛えている涌沢の顔を眺めた。自分はこの人の何も見ようとしていなかったのだと改めて思う。

涌沢はこんな風に常に上手く立ち回り、適当に楽しんできたのだろう。真寛の真意を測り、不安を煽《あお》りながら、同時に真寛が望んでいるだろう言葉を探し、与えてくる。そして真寛はそんな涌沢の狡賢《ずるがしこ》い部分を見ない振りをし、心地好い思いだけをしようとした。最低だ。

フロアに人が戻ってきた。午後の仕事が始まる時間だ。

「まあ、すぐに結論を出そうとせずに、考えてみて」

人が増えていくフロアの中、涌沢がポンと真寛の肩を叩《たた》いた。

「いえ。もう決めたことなので。すみません」

真寛の答えに、動かない笑顔のまま、涌沢が「そう」と素《そ》っ気《け》なく言った。

「一つだけ聞きたいことがあります」

去っていこうとする背中を引き留めた。涌沢が「何?」と振り返る。

「前にも一度聞きましたが、一昨年《おととし》の新人歓迎会の日、俺を送ってくれたのは涌沢さんですか?」

はっきり尋ねると、涌沢はにっこりと笑った。

「僕じゃないよ」

「……そうなんですか」

「ガッカリさせちゃったかな」

「いえ」

「だって、君が僕であってほしいみたいな顔をしていたからさ」

真寛の心情に合わせたのだと、さっきよりも開き直ったような顔をした涌沢が言った。

「新しい彼と頑張ってみれば。たぶん続かないと思うけど」

呪詛《じゅそ》付きのエールを送られ、人の悪い笑みを浮かべている涌沢に、真寛も笑った。

「別れたら慰めてあげる。いつでも帰っておいで」

そう言って自分の席に戻っていく横顔は、すでに真寛への興味を失ったものだった。

「佐々倉さん、営業の人が来てますけど」

涌沢が席に戻り、真寛も仕事に就《つ》こうとしているところに声が掛かった。フロアの入口を見ると、そこに高木が立っていた。重い腰を上げ、ドア付近に佇《たたず》む長身に近づいていく。

「昨日はわざわざありがとう」

一瞬の間のあと、高木が言った。見上げる顔には苦渋に似た皺《しわ》が寄っている。

「ああ。いや。こっちこそ突然行ったりして悪かった」

そう返しながら、高木の次の言葉を待った。そんなことを言うために来たわけではないだろう。

「アプリ、消去したから」

眉間《みけん》に険しく皺を寄せたまま、高木が言った。

「そうか」

終わりにしてくれと昨日高木に頭を下げた。高木はそれを承諾してくれたのだ。

「分かった」

これで終わりだ。高木との繋がりは、完全に切れてしまった。

自分で言ったくせに、それが現実になったことにホッとするよりも、ガッカリしている。

馬鹿だなと思う。

自分の馬鹿さ加減に笑っている真寛に高木が「よかったな」と言った。録音した声を消し、脅す材料がなくなったことに真寛が喜んだように見えたのだろう。

涌沢と関係が切れたことを伝えようかと一瞬迷い、すぐにその衝動を打ち消した。だからどうしたと言われたら、本当にどうしようとしたのかが見透《みす》かされそうで怖い。

「佐々倉くん、もう午後の時間が始まっているよ」

背後から涌沢の声がした。

「あ、俺が呼び出しました。簡単な伝言だったんですが、伝えるのを忘れてしまって。メールするほどでもなかったんで。すみませんでした」

すかさず、高木が大きな身体を折って謝った。

「いいんだけどね。用事があったなら昼のうちに済ませてほしいな、今度からは」

対応する涌沢も負けず劣らずの落ち着き振りだ。二人のこの演技力の高さにはどう逆立《さかだ》ちしても敵わないと、その間に挟まり黙って頭を下げる真寛だった。

「……彼が新しい恋人？」

廊下を去っていく高木を見送り、涌沢が低い声を出した。

「まさか。あり得ませんよ」

驚いて否定をする声は、たぶん演技にも聞こえなかっただろうと思う。何故なら本当にあり得ないことだからだ。

真寛のそんな顔をじっと見て、涌沢は「ふうん。まあ、どっちにしろ続かないと思うけどね」と、にこやかに言った。

デスクの下から這《は》い出し、手に付いたほこりを払った。立ち上がり、軽く伸びをする。夜のフロアにはすでに誰もいない。

狭いところでの作業で固まってしまった身体を解《ほぐ》す。一息吐き、今度は床に胡坐《あぐら》を掻いて、分解した部品をシートの上に綺麗《きれい》に並べた。

「お疲れ。部品、持ってきたぞ」

引っ張り出したケーブルの識別タグを確認しているところに、システム部の先輩がやってきた。電話で頼んでおいた交換用のバッテリーを持ってきてくれたのだ。

「直りそうか？」

分解され並べられたサーバーの部品を眺めながら、先輩が聞いてきた。

「はい。たぶんこれを交換したら大丈夫だと思うんですけど」

営業部のメインサーバーが動かなくなったと連絡が来て、修理にやってきた。ハードウェアの修理は業務中にできないため、人がいなくなってからの作業になる。システム部にはこの手の残業が多い。

「時間、掛かりそうか?」

時刻は七時を過ぎていた。

「これで直れば、充電と読み込みをして。二時間ぐらいですかね」

修理にやってきてすぐにログを確認し、内部コントローラーの交換をしたのだが、故障は直らなかった。そこでシステム部に連絡を入れ相談をしたところ、バッテリーが原因ではないかという話になったのだ。

渡された部品を早速ケーブルに繋ぐ。電源を入れ、ハードウェアの状態を示す点滅が、オレンジから青に変わるのを確かめ、先輩と二人で頷いた。このまま稼働していけば大丈夫そうだ。

「ありがとうございました。あとは一人でできますから」

先輩も別の残業をしていたのだが、そっちは終わっているらしかった。

「そう?　悪いな」

恐縮そうに言いながらも、何か約束でもあるらしく、先輩はそそくさと帰っていった。

「さて、と……」

また一人になったフロアで作業を再開することにする。故障個所《かしょ》が分かればあとはやることは単純だ。充電を待ち、セットアップを完了させ、明日の朝、完全業務に入れるように設置して終わりだ。機械の前に座り、ブゥン、という静かな作動音を聞いていた。

暖房の消えたフロアは寒かった。作業中は捲《まく》っていたワイシャツの袖《そで》を直しながら、入口付近のデスクに視線を向ける。

高木の机は綺麗に整頓《せいとん》されており、閉じられたノートパソコン以外は何も載っていなかった。部屋はあんなに乱雑なのになと思い、声を立てずに笑った。

高木と最後に言葉を交わしてから、一か月が過ぎようとしていた。あれ以来、高木の姿を会社で見ることはない。

部署の違う二人は、今まではそれでも比較的頻繁に顔を合わせていた。廊下ですれ違い、声を掛けられたこともあったし、出勤や退勤時にエントランスで姿を見かけ、からかい半分に手を振られたこともあった。口をきけばただ真寛が一方的に喧嘩《けんか》を売るような形になり、手を振られれば子どものように顔を横に向けていた。高木はそんな真寛をますます楽しそうにからかって、癪《しゃく》に障《さわ》っていたものだ。

普通にしていて会えていたものが、今は一切それがない。つまりは、意図的に避けられているということだ。

PCの作動音が変わり、アップデートが完了した。構成の読み込みに入り、それを待つ間にコーヒーでも買ってこようかと考えた。腹も減ってきたが、食べに出るのは憚《はばか》られた。

廊下に出て、自販機のある階に行った。残っている社員は少なく、灯《あか》りも寂しい。缶コーヒーを一つ買い、手を温めながら戻ってきた。

作業をしていたデスクの前まで来ると、部品を置くために広げていたシートの上に、コンビニの袋が置いてあった。中を開けてみると、肉まんとお茶、それからお握《にぎ》りが入っていた。先に帰った先輩が戻ってきて差し入れてくれたものだろうか。首を傾げながらも、ありがたく頂《いただ》くことにした。

コーヒーと一緒に肉まんを食べ、それからお握りに手を付けた。具の内容を確かめ、眉が寄る。一瞬高木の顔が浮かぶが、まさかな、と首を振った。この具は嫌いだと言った。わざわざ真寛が嫌いなものを選ぶはずがない。いや、あいつのことだから、わざとそういうことをするかもしれない。そんなことを考えながら、二つのお握りを食べた。

全部を平らげて、お茶を飲み、食べた残骸《ざんがい》をコンビニの袋に入れようとして、まだ何か入っていることに気が付いた。袋の底に小さなお菓子が入っている。

キャラメルのように包まれたチョコレートは、コンビニのレジ付近によく置かれてあるものだ。それを手に載せて、そういえば今日は好きな人にチョコを贈るというイベントデーだったと思い出した。

謝りながら帰っていった先輩の、いそいそとした様子を思い出した。ああそうか。今日はデートだったのか。そんな日に残業なんてツイてなかったなと、掌の上の小さなお裾《すそ》分《わ》けを眺め、笑った。

翌日出勤した真寛は、先輩に昨日の礼を言いに行った。「ありがとうございました」と頭

POSS

を下げた真寛に、先輩はキョトンとして、それから「ああ、別にあれくらい」と言って手を振った。

「特になんもしてないだろ？　俺も残業のついでだったし、部品持ってっただけだし」

そう言って笑っている先輩に差し入れのことを聞こうとして、やめた。

あの差し入れを持ってきたのが先輩だと分かれば、自分はたぶんガッカリする。そして、差し入れなんかしていないと言われれば、……確かめに行ってしまう。確かめに行った末に、そこでもきっとガッカリするだろう。期待はしないほうがいい。

「サーバーはあれからちゃんと稼働した？」

先輩の声に、「はい」と頷き、もう一度頭を下げてから、真寛は自分のデスクに戻った。

チョコレートは結局食べずに部屋に持って帰った。

今は真寛の部屋のテーブルの上に、歴史小説の本と一緒に置いてある。


電話を切り、顔を上げると、フロア内は真寛一人だった。午前の業務が終わる直前に問い合わせが入り、真寛が対応していたのだ。

日々は淡々と過ぎ、人事異動の季節になっていた。来月には年度が替わる。

高木が都内の営業所に異動するらしい。今日はその送別会の日だ。

真寛の耳に入ってきたのは、かなりあとになってからだった。そんな人事の噂をいち早く真寛に教えてくるような同僚はいなかったし、本人が直接言ってくることも、もちろんない。送別会の連絡が来て、そこで初めて知った。場所と時間が記されたプリントを眺め、ああ、いなくなるんだなと思った。幹事に欠席の返事をし、それきりだった。

時計を見ると、昼休みも終わりに近い時間になっていた。社員食堂で昼食を取る時間もなさそうだ。コンビニで何か調達してこようと、真寛は急いで席を立った。

エントランスを出たところで涌沢と出くわした。

真寛に問い合わせ対応の居残りを命じたのは涌沢だった。フロアの人間を誘い、軽い送別と称してみんなに奢《おご》っていたらしい。

涌沢も昇進し、別部署への異動が決まっていた。

「新しい彼とはもう別れた？」

すれ違いざまの声に振り向くと、涌沢が笑顔でこちらを見ていた。苦笑に近い笑みを真寛も返す。

「上手くいってますよ」

「なんだ。残念」

軽い口調でそう言って、すぐに背中を向け行ってしまった。

あれ以来涌沢が真寛に思わせ振りな言葉を掛けてくることはなく、真寛から誘うこともちろんない。ただ職場で小さなミスを指摘されたり、嫌味を言われたりと、微妙に針のムシロの状態が続いていた。

ゆっくりと歩いていく背中を見つめながら、こんな嫌味もきっとこれで最後だと思った。今日は金曜で、異動は明けた来週だ。

「デートの相談か？」

振り返ると今度は後ろに高木が立っていた。去っていく涌沢の背中を見送り、それから真寛に視線を移した。

「昼、今からか？」

「そう。出掛けに問い合わせが来たから」

二人を追い越していく数人の社員に向けて高木が手を上げた。一緒に昼を取っていたらしい連中に、先に行っていてくれと合図を送っている。

「部署が変わっても同じ社屋だし、ま、いつでも何処でも逢えるな。知ってるやつもいなくなるし、これで気兼ねなく逢えるか。嬉しいだろ？　せいぜいお幸せに」

皮肉交じりに言ってくる顔を見上げた。相変わらず歪《ゆが》んだ笑顔だ。

それを眺めながら、以前、まだ二人がただの険悪な同僚という関係だった頃、高木はどんな顔をして真寛を見ていたのかを思い出そうとした。

目に浮かぶのは、自分の上で揺れながら、真寛を苛《さいな》んでいた顔だった。

下りてこようとしない唇を求めて、自分から誘った。戸惑いながら応じてくれた顔は苦しそうで、仄かに嬉しそうだとも思った。情欲にまみれた一時的な昂りだったとしても、自分に応えてくれた、あの時の高木の顔しか思い出せない。

真寛の視線を受け、高木がすい、と横を向いた。話し掛けてきておいて、目は合わせたくないらしい。

この不機嫌な横顔も、今日で見納めかもしれない。高木はもうすぐいなくなる。

「涌沢さんとは別れた」

そう思ったら、するりと自然な声が出た。高木の口元から笑みが消えた。驚いた顔が向けられる。

「……俺のせいか?」

「そうだな。おまえのせいだ」

高木の顔がクシャリと崩れた。

「嬉しいのはおまえのほうだろう。よかったな。見たくない顔を避けなくても済むようになって」

高木は後悔している。気に食わない同僚の不倫現場という格好のネタを押さえ、あんな手段を使ったことを。真寛を苦しめるために自らの身体を使ってしまったことを後悔し、嫌悪しているのだろう。何故自分は、こんな男を抱いてしまったのかと。だから真寛を避けているのだ。

それが分かっていて尚《なお》、あの日の出来事が忘れられずにいる自分が情けなかった。

「佐々倉……」

「俺もよかったよ」

そんな思いも今日で終わりだ。避けられていると分かっていて、似た背中を目で追い、姿を探している自分に気付き、落ち込まなくても済む。

「新しい営業所でせいぜい頑張れ。おまえなら何処でも上手くやれるよ」

演技の上手いこの男の本性を、会社の中の誰も知らない。それを思うと暗い優越感が湧いてきた。剝《む》き出しの悪意をぶつけられたのは真寛だけだ。たぶんこれからも、高木はそんな姿を誰かに晒《さら》すことはない。

皮肉交じりの激励をしながら、高木の後ろに控えている人の姿に視線を向けた。

忘年会の相談をと、高木を訪ねてきた総務の女性がいた。高木と一緒にランチに出掛け、今も真寛との会話が終わるのを待っている。

「今日送別会なんだってな。俺は行かないから」

何か言いたげな高木を見上げ、それから時計に目を落とした。昼の終わりが近かった。急いで昼飯を買ってこないと。遅れたらまた涌沢に嫌味を言われる。

「じゃあ、元気で」

棒立ちしている高木を残し、背中を向けた。

詰めの甘いやつだと、歩きながら笑ってしまった。人を脅しておきながら、別れたと聞いて自分がダメージを食らっている。

詰めが甘く、悪に徹《てっ》しきれず、軽蔑している人間にさえ優しさを垣間《かいま》見せる。そんな風だから、何処かの馬鹿が期待をしてしまうのだ。

コンビニの前まで行き、店に入る直前に振り返ると、高木があの女性と連れ立っていくのが見えた。

明らかに好意を寄せているらしいあの人を、いつか高木は抱くのだろうか。その時、高木はどんな顔をして彼女を見つめるのだろうか。きっと優しい顔なんだろう。大嫌いなはずの真寛に対してさえ、あんな気遣いを見せるのだから。

高木と並んで歩く女性の背中が嬉しそうに弾んでいた。全身で高木のことが好きだといっている。

隣にある小さな背中が、羨《うらや》ましいと思った。

定時に仕事を終え、真寛は会社を出た。

ここ最近は暖かい陽気が続き、人々の装いが一気に春めいていた。桜の開花もこの分だと早まると天気予報が伝えていたが、今日は例年並みの気温に戻ったとかで、夜になると冬のような寒さに戻っていた。

明るい色のコートを寒そうに胸の前で押さえ、それでも金曜の夜を楽しもうと、笑顔で歩いている人たちを早足で追い越す。何処にも寄らずに真っ直ぐ駅に行き、そのまま電車に乗った。

電車が走り出し、時計を見る。今頃送別会が始まっている時分だと考えた。高木を送る会だ。きっとたくさんの人が集まっていることだろう。

車窓に映る自分の顔が、暗く沈んでいる。

昼間高木に言ったことを後悔していた。いつだってそう。言ってしまってから後悔する。餞別《せんべつ》の言葉にしては酷過ぎた。あの瞬間の高木の顔を思い出し、胸が痛む。

楔《くさび》を打ちたかった。

自分を抱いておきながら、それを悔やみ、全部忘れて置き去りにしていこうとする高木に、罪悪感という楔を打とうとした。おまえのせいだと言い放った真寛に、案《あん》の定《じょう》、高木の顔が変化した。真寛の思惑は成功したのだ。

自分のせいなのに。高木が真寛に加えた制裁も、元はと言えば真寛の態度が原因だ。涌沢とのことだって自分の甘さが招いた結果で、それなのに被害者面《づら》して最後には高木に全部罪を被せた。

送別会の席で高木は今頃笑いながら乾杯をしているんだろう。真寛には決して向けることのない爽やかな笑顔を振りまき、惜《お》しまれながら激励され、そしてふとした拍子《ひょうし》に真寛の言葉を思い出すのだ。

どれだけ酷いことができるのかと思う。

後悔すると同時に、それでも高木の心に、たとえ汚点としてでも自分が残っているということに、仄暗い安堵も覚えた。どんな想いであれ、高木は真寛を忘れない。

最低最悪の人間に、高木も関わってしまったものだ。可哀想《かわいそう》に。

電車を降り、たまに寄る定食屋で夕食を取ろうと足を向けた。店の前まで行き、改装のため来月までやっていないという張り紙を見て、溜息を吐く。

仕方がないから定食屋の並びにあるコンビニに入る。昼もコンビニ弁当だったが、他の店に足を運ぶのも億劫《おっくう》だった。

商品の入れ替え直前の時間だったのか、店内は品薄で弁当もなく、サラダとお握りが少量残っているだけだった。今日はつくづくツイてない。

ビールとつまみとお握りでいいかと、棚の前に行った。二つだけ残っているお握りに手を伸ばす。

手の上に載せた瞬間、――唐突《とうとつ》にそれがやってきた。

梅干しと昆布《こんぶ》。

研修が終わりに近づいたあの日、机に向かっていた真寛の目の前に、突然転がってきたお握り。

あの日と同じ、二つのお握りを持ったまま、コンビニの片隅で固く目を瞑《つぶ》り、下を向く。

——どっちがいい？

声と共に、覗くようにして笑い掛けてきた高木の顔を、今頃になって思い出した。

会議室を借りたから、一緒にやろうと誘ってきた。肉巻きお握りが食べたかったのにと、二つのうちの一つを選べと言っていた。どっちも嫌いだと撥《は》ね付けて、溜息を吐かれた。

肩が震え、しゃくり上げそうになるのを辛《かろ》うじて堪《こら》え、だけど込み上げてくるものを抑えることが、どうしてもできない。

好きだった。

高木のことが、どうしようもなく好きだった。

脅迫され、酷いことを強要されても憎みきれなかったのは、奥底に忍ばせていた願望を、歪んだ形ででも遂《と》げられたからだ。

ゆっくり瞬《また》きをしたら、落ちた滴《しずく》が床を濡らした。パタパタと、二粒《ふたつぶ》落ちた水溜《みずたま》りを眺め、お握りを持ったままの腕で、乱暴に顔を拭った。

あの日も帰りの電車の中で後悔したことを思い出す。それを今日も繰り返すのか。

大きく一つ、息をする。込み上げてくるものは収まらないが、放っておくことにした。抑え込んで呑《の》み込んだって、いつかまた後悔の波はやってくる。

持っていた二つのお握りを棚に戻し、店を出た。来た道を急いで戻る足は小走りになり、いつしか真寛は全力で走っていた。

降りたホームと反対の電車に乗り、目的の駅に着くのをひたすらに待つ。車窓に映る自分の顔に気付き、笑ってしまった。なんて顔をしたまま電車に乗っているのか。

両方の掌で顔を押さえ、ゆっくりと撫でる。目元を拭《ふ》き、それからまた窓の外を見た。一定のリズムを刻みながら光が流れていく。間に合うだろうか。

あの時の高木の言葉を思い出す。相手に伝わらない努力は怠慢だと。真寛は高木に伝える努力を何もしていない。

電車を降り、再び走る。さっきここを歩いた時に感じた寒さはなく、頰《ほお》を切る冷たい風が気持ちいいとさえ思った。息が切れ、汗が滲《にじ》む。周りを行く人が何事かと真寛に目を向ける。驚いた顔をして避けていく間を縫《ぬ》いながら、前だけを向き、必死に走った。

送別会の会場になっている店の前に辿《たど》り着いた時には汗だくになっていた。膝《ひざ》に手をつき、息を整える。時計を見ると、会社を出てから一時間半が経過していた。

店員に会社名を告げ、案内してもらう。個室の仕切りを取っ払った大きな部屋に、目的の集団がいた。二列のテーブルに分かれ、談笑している顔を一つ一つ確認しながら、高木の姿を探した。奥に近い席で乾杯をしている大きな身体が見えた。

靴を脱ぎ、座っている人の後ろを歩き、高木の席まで辿り着く。額から汗が流れた。いきなり後ろに立った真寛に、振り返った高木が驚いた顔をして見上げてきた。

「おー、佐々倉、来たのか」

高木の隣に座っていた人が尻をずらし、その隙間《すきま》の前に膝をつく。

「……どうした？　佐々倉」

ダラダラと汗を落としている真寛を見つめ、高木が声を出す。息は整っていたが、座ったらまた汗が噴き出して、自分でも驚くほどのびしょ濡れ状態だった。

「おまえどっから来たんだよ？　ほら、ちゃんと座れよ。ビールでいいか？」

席をずらしてくれた人が言った。

「いや、いい。餞別を言いに来ただけだから」

ジョッキを持ったままの高木が未だに驚いた顔で真寛を見ていた。

手の甲で汗を拭い、高木を見上げる。整ったはずの呼吸がまた乱れ、心臓が音を立てた。

「昼間言ったこと……おまえのせいじゃないから」

涌沢と別れたのは高木のせいではない。真寛がただ弱かったのと、自分の気持ちを偽《いつわ》り続けた代償《だいしょう》を払っただけだ。

「全部、なんにも。一つもおまえのせいじゃない」

言いたいことは山ほどあり、言い訳したい項目もそれ以上にあったが、こんな席で言える

はずもなく、言ったところで高木を困らせるだけだろう。ただ自分の蟠《わだかま》りを少しでもなくしたいという、真寛の勝手な言い分だ。だけどどうしても、言っておきたかった。

「それから、俺は……嬉しかった。それだけは言っておこうと思って」

何がとは言わない。だけど勘のいい高木だ。きっと理解してくれる。

「本当に嬉しかったんだ。おまえの思惑通りにいかなかったな」

真寛を貶《おとし》めるために起こした行動を嬉しかったのだと言われた高木が、固まっていた。

「仕事のことも、いろいろとためになった。もっと早く、……そうすればよかった」

もっと素直になっていればとか、あの時ああしていればとか、後悔はたくさんある。だけど、また同じ後悔だけはもうしたくない。

「他のことも、本当にたくさん……、後悔することがあって。それを繰り返さないように、俺も頑張るよ」

唐突にやってきて、一方的にそんなことを言う真寛を高木は黙って見つめたままだ。

居酒屋の席。周りには人が溢《あふ》れている。そんな中で上手く言葉を綴れないことが歯痒《はがゆ》かった。だけど今しかないから、真寛は懸命に言葉を探した。

流れた汗がパタパタと膝に落ちる。

「本当にな、努力が足らなかった」

言い訳なんて面倒臭いだけだった。誤解されても、勝手に誤解したほうが悪いと弁解することすらしなかった。だけど高木にだけは分かってもらいたい。傷付けたことを謝りたい。自分が打ち付けた楔を抜いてやりたい。

ここまで必死になったことは、生まれて初めてかもしれない。

ああ、俺は本当にこの男のことが好きだったんだ。

目に入った汗を手の甲で拭い、滲んでしまった視界の先にある高木の顔を見つめながら、そう思った。

「だから全然、おまえのせいじゃない」

伝わっているだろうか。伝わればいい。

遠くの席から高木を呼ぶ声がしている。一瞬そちらに向かって手を上げた高木が、また真寛に視線を戻した。今日は高木の送別会だ。いつまでも主役を独占するわけにはいかない。

ちゃんと言えたのか。言い残していることはないのか。

「あ、そうだ。一つ、俺、嘘吐いてたことがある」

「なんだ?」

「梅干しも昆布も嫌いじゃない」

「……え?」

「お握り。どっちも実は好物だ。でも一番好きなのは鮭《さけ》だけどな」

高木はあんな些細《ささい》な出来事は覚えていないだろう。だけどあの光景は、真寛にとって確かに一つの分岐点《ぶんきてん》だった。他にもそんな場面はいくつもあった。それの全部を撥《は》ね除《の》け、結果、すべての出来事に後悔が残った。

どの場面でもよかったのだ。高木は手を差し伸べてくれていた。手を取り、素直に負けを認めていれば、今、二人は親しい同僚になれていたかもしれない。

頼りになる仕事仲間を得る代わりに残ったのは、二度と戻らない関係と、それでもこの男に抱かれたという事実だけだ。高木にとっては忘れてしまいたい出来事だろうが、真寛は忘れない。

だから、どうか……少しでいいから、憶えていてほしい。

五年後か十年後、もっと後かも知れない。高木がまた本社に戻り、真寛と顔を合わす時があったら、生意気で融通の利かないやつだったと、苦笑いでいいから、笑顔を向けられるようになっていてほしい。その頃には自分ももう少し、ましな人間になっていたいと思うから。

「じゃあ。突然乱入して悪かった。あっちでも頑張れよ。おまえのことだから大丈夫だと思うけど。地金、出すなよ」

最後の言葉は笑い声になった。

「それだけだ」

そう言って立ち上がり、周りに挨拶をして出口に向かった。

言い逃げの様相を呈《てい》しているが、これが限界だ。

「あれ？　佐々倉、珍しいな。今来たの？」

靴を履いているところで声を掛けられた。新人研修の時に一緒のグループだった斉藤《さいとう》がいた。トイレから戻ってきたものらしい。だいぶ飲んでいるのか、赤くなった顔を傾げてこちらを見ている。

「ああ。挨拶だけしに来たんだ。もう帰る」

「え？　飲んでいけばいいじゃん。久し振りだし」

都下の営業所に勤めている斉藤とは研修以来だった。馴《な》れ馴《な》れしさは相変わらずだ。

「佐々倉」

斉藤と話していると、高木が追い掛けてきた。

「ああ、高木、あっちの席で呼んでたぞ。行ってやれよ」

斉藤の声に頷きながら、真寛を見つめたまま、眉を寄せた顔は何故か必死の形相《ぎょうそう》だ。

「佐々倉、おまえちょっと待ってろ。斉藤、こいつが帰らないように見張っといてくれ」

「見張るって、……え？」

戸惑う斉藤に真寛を押し付け、高木が呼ばれた席に分け入っていった。席に腰を落ち着けた高木がこちらを睨み、指を差して空いている席に座れと命令している。高木に言われた斉藤も、素直に「じゃあ飲むか」と真寛に顔を向けてくる。

運ばれたジョッキを持ち、乾杯をし、ジョッキを置いた高木は真寛が席に着くまでずっとこちらを睨んでいた。そして真寛が座ったことを確認し、初めて隣の人に笑顔を向けた。

「ええと、じゃあ、乾杯するか。主役いないけど」

グラスを渡され、ビールを注がれた。高木に真寛を頼まれた斉藤が、訳が分からないなりに、そんなことを言って笑った。

「残業？」

「ああ。まあ、そんなところ」

注がれたビールを一気に飲んだ。食道を通っていくビールの冷たさが気持ちよかった。相手のグラスにもビールを注いでやる。

「佐々倉は本社だったよな。どうだ？　忙しいのか？」

「ああ。今回の異動でうちも上司が変わった」

「そうか」

「そっちは？　システムの評判はどうだ？」

会話が普通に流れていく。お互いにあの頃のことは言わないし、かといって気まずいという空気にもならなかった。

斉藤に対する蟠りは真寛の中に確かにあり、向こうも忘れたわけではないだろう。だけど二年が経ち、こうして何事もなく酌《しゃく》を交わしている。不思議なものだと思った。

近況の報告をし合い、空になった斉藤のグラスにビールを注ごうとしたら、不意に瓶《びん》を取り上げられた。いつの間にか高木が来ている。

高木にビールを注がれた斉藤が「お疲れさん」と笑顔になり、今度は自分が注ごうと瓶を受け取った。促された高木が真寛のグラスを手に持ち、そこに注がせている。一気に飲み干したあと、真寛のほうに顔を向けた。

「飲んでんのか？」

「ああ」

高木からグラスを奪い返し、自分も注いでもらおうと差し出すと、斉藤から瓶を奪った高木にグラスの三分の一ほど注がれ「あんまり飲むな」と注意までされた。

「なんだよ」

「さっきイッキしてただろう。無理して飲むな」

「無理してない。喉が渇《かわ》いてたんだ」

反射のように返し、ビールを飲む。そういえば、新人歓迎会の時も同じ状況だったことを思い出し、可笑しくなる。あの時は喧嘩腰になり、意地になって酒を呷った挙句に潰《つぶ》れたのだ。

笑っている真寛の顔を高木が覗いてくる。

「大丈夫か？」

台詞も同じだったなと、幾分心配そうな顔をしている高木に頷いた。

「平気だよ。ほら、向こうで呼んでるぞ」

今日の主役である高木は一つの席に留《とど》まることを許されないらしく、別の集団から呼ばれていた。「ご指名だぞ、高木」と、ふざけた声が掛かり、悲鳴のような笑い声が上がった。何度か一緒にいるところを目撃した女性の姿もある。

高木が「おう」と手を上げ、腰を浮かせた。

「もう飲むなよ」

強引に引き留めておいてまたそんな命令を下し、高木が席を移動していった。

「なんだ？　保護者か？」

斉藤がそんなことを言いながら、さっそく真寛のグラスにビールを満たした。遠くの席に落ち着いた高木がこちらを向き、やめておけ、という顔をしてくる。

送別会の間中、真寛は席を立つこともなく、斉藤や周りにいる連中と話をしていた。高木は忙しく席を移動して回り、その先々で笑い声を立てていた。時々、チラチラと真寛のほうに視線を寄越してくる。

何処かでまたご指名の声が掛かり、高木が立ち上がる。次に座った席の隣には、あの総務の女性がいた。示し合わせたようにお互いに席を移動し、隣同士になってグラスを合わせている。

二人を眺めていると、高木がまた真寛に視線を向けた。こっちを見ている高木の背中を隣の女が触っている。話し掛けられた高木が横を向き、それを見ながら酒を呷った。斉藤に薦められて、ビールからチューハイに変わっていたジョッキを半分ほど流し込んでから視線を戻したら、目を剝いた高木が真寛を睨んでいた。

会がお開きになり、帰《かえ》り支度《じたく》をする。二次会に誘いたそうな斉藤に挨拶をし、次にまた飲もうと約束をして別れた。

「行こうか」

店を出て歩き出したところで高木が隣に並んだ。

「二次会、いいのか？」

店の前でたむろしている集団を振り返るが、高木は何も言わずに歩き出す。

「高木、昼間言ったことだけど、本当におまえのせいじゃないから。あんな言い方して悪かった。俺は……」

「いつ？」

真寛の言葉を遮って、隣にある長身が真寛を見下ろしてきた。

「別れたっていつ？」

「今年の始めくらい。おまえの部屋を訪ねた日の、次の日だったと思うけど」

真寛の答えに高木の眉が険しく寄った。

「いや、だから高木のせいってわけじゃなく。ほら、次の日俺のところにおまえ、来ただろ？　声消したって。あの時にはもう、そういう話になっていたんだ。というか、その前から終わってたんだけど」

正確に言えば高木に見咎《みとが》められたあの日以来、涌沢とは個人的に逢っていない。ただ自分のけじめとして付き合いをやめると宣言した日が、その日になっただけなのだが。

「あの、……高木？」

こちらを見下ろす顔が、鬼の形相になっている。

今までも相当この男のきつい表情は見ていたが、これほど怒りを露《あらわ》にしているのは初めてで、物怖《ものお》じしないと自負する真寛もこれには流石《さすが》に慄《おのの》いた。

「今年の始めって……、そんな前かよ……っ」

はあー、と大きな溜息を吐き、高木が頭を抱える。

「そう。っていうか、おまえ本当、二次会……」

自分の送別会のはずなのに、送ってくれている同僚を置き去りにしていることを気にする真寛に、高木はまたきつい目を向け、それからどんどん歩いていってしまった。

歩幅の大きい高木についていこうと小走りになり、そのうち息が切れてくる。短時間で一気に飲んだのが今頃になって効いてきたのか。足を止めた真寛を高木が振り返った。

「大丈夫か？」

「おまえ足が速いんだよ」

「タクシーで帰ろう。送っていく」

毒づく真寛の腕を取ってきた。路地を抜けて大通りに出ようとする高木に引っ張られるままついていく。

「足、ふらついてるぞ」

「それはおまえが引っ張るからだろ」

「飲むなって言ったのに」

咎めるような声で言われ、「そんなに飲んでない」と抗議した。

掴んだ腕はそのままに、大通りに出た高木がタクシーに向かって手を上げた。

真寛を先に車に押し込み、自分も乗ってくる。二度訪れただけの真寛の住まいを正確に伝え、車が発進した。

夜の繁華街《はんかがい》をタクシーが走っていく。高木は窓の外に顔を向け、流れる光を眺めていた。

運転手の耳を気にし、真寛も話題を切る。沈黙が続いた。

「斉藤と何話してたんだ？　店の前で呼び止められてただろ」

しばらくして、向こうを向いたまま、高木が聞いてきた。

「ああ。次行かないのかって」

「ふうん。それだけ？」

「今度飲もうって。案外普通に話せるもんだな。けっこう話も弾んで。楽しかった」

「いつ？」

「え？」

「いつ飲むんだ？」

挨拶代わりの社交辞令だ。具体的な約束などしてもいないのに、高木が剣呑《けんのん》な声を出す。

「いつって約束したわけじゃない。それよりおまえのほうこそよかったのか？　今日はおまえの送別会だろう？」

「いいんだ。ちゃんと挨拶したし、今日は用事があるって幹事に言ってきた。実際、異動の準備もあるし今日を逃すと、またどうなるか分からないだろ」

窓の外を見たまま、高木が言い訳をしてきた。

「随分上からの命令だったけどな。斉藤、面食らってたぞ」

「……機会を逃すのはもう嫌だって思ったから」

そう言って窓の外に目を向けたまま高木が口を噤《つぐ》み、しばらくは無言が続いた。

「今日は、だいぶ集まってたな」

家に着くまで黙っているのも気まずいので、真寛のほうから話題を向け、当たり障りのない会話をすることにする。

「俺も顔出せてよかったよ。敬遠してた部分もあったんだけど、ああいう場での情報交換も悪くないな。もう少しフットワークを軽くしてみるのもいいかもしれない」

「ほどほどにしておけ」

「なんだよ」

人がせっかく前向きに人と関わろうとしているのに、水を差すようなことを言ってくる。横目で睨むと、相変わらず向こうを向いたままの高木が、不機嫌そうに「気が気じゃないから」と言った。

「泥酔してその辺にへたり込んだりしてたら、困るだろ。力の抜けた人間運ぶのって、大変なんだぞ」

ずっと引っ掛かっていたことがあった。

朧《おぼろ》げな記憶の中を掠《かす》める些細な断片。シンクに残されていた一本の煙草。リビングの梁。真寛が声を掛ける前に身体を屈《かが》め、梁を避けていた高木の姿。

「一回はぶつけたのか？　うちの梁に」

涌沢との馴《な》れ初《そ》めを聞いている時の顔。ちゃんと確かめたのかと言ってきた高木の声。頭の上に置かれた、掌の感触。

「……目から星が出た。なんなんだよあの造りは」

二年近く前のことを、高木が今になって文句を言ってくる。

「やっぱり……おまえだったんだな」

真寛の声に高木は答えない。代わりに伸びてきた腕が、そっと真寛の手を握ってきた。

「誰かに送られて、人違いしたまま懐《なつ》かれるのはごめんだからな」

人の手を握りながら、ぼそ、とそんな呟《つぶや》きが聞こえた。

窓の外を向いたまま、相変わらず出す声は不機嫌で、そのくせ握ってくる掌は汗ばんでいた。

「お客さん、具合悪いんですか？」

空いているほうの手で、口元を押さえている真寛を見た運転手が、バックミラー越しに聞いてきた。

「大丈夫です」

しっかりとした声を出し、慌てて離れようとした手を、自分から強く握った。


「高を括っていた。急ぐこともないだろって、余裕ぶっこいてたんだ」

真寛の部屋のリビングで胡坐を掻いた高木が、仏頂面でそう言った。

テーブルの上にはビール。ただし真寛には駄目だと言い、自分だけが飲んでいる。真寛のほうでもこれ以上酒は飲みたくないから構わないのだが、それにしてもどうして高木は真寛に対してだけこうも威圧的に出てくるのか。

もっとも、高木と頻繁に会話をするようになってからはずっとこんな調子だったから、真寛にしても今の高木の態度のほうがしっくりきてしまうのだから不思議だ。

「おまえの愚痴聞いてたからさ。俺と親しくなりたい、謝りたいって。ここで」

わざと明け透けな物言いで、高木がニヤリと笑い、こちらの反応を煽ってくる。性格が悪いやつだと思うが、それにも慣れた。

「職場で顔合わせても、相変わらずおまえはツンツンしててさ。内心は違うくせにって、腹ん中で面白がってた。機会はいつでもあるし、こっちの出方でいつでもひっくり返せるってな」

「本当、性格悪いな」

高木にしてみればそうなのだろう。どんなに真寛の態度が頑なでも、本人から本音を聞かされていたのだ。可笑しくて仕方がなかったと思う。

「ああ。自分でもそう思う。結局は優位に立ってるつもりでいたんだよな。いつ言ってやろうか、なんて一人で笑ってて。でも佐々倉の性格だと、もっと拗れるかもしれないとか。仕事も忙しくなっていたし、そのうちなんとなく、おまえの態度も軟化してきたような気もして。……涌沢さんの影響だったなんて、知らなかったしな。これなら自然といけるかも、なんて。まったく、めでたいよ」

自虐《じぎゃく》の笑みを浮かべ、高木がビールを呷った。一息で飲んだあと、こちらに向けた顔からは、笑みが消えていた。

「あの資料室で、涌沢さんとおまえが付き合ってんのを知った時、……なんだろ、自分でも吃驚《びっくり》するぐらい動揺した。なんだよそれ、って。物凄い腹が立った」

きつい目が真寛に向けられる。

「裏切られた気がした」

あの時の自分の中に起こった激情を吐露《とろ》し、高木の顔が苦しそうに歪む。

「俺が余裕ぶって調子こいてる間に、さっさとあんなやつとくっついて、何やってんだよって思った」

涌沢は真寛を分かっているのは自分だけのような口をきき、真寛は真寛でそんな涌沢に甘えたような態度を取るのにも腹が立ったと。

「そのうち人の前でイチャつき始めるし。どうしてやろうかと思ったね」

酒のせいではない、燃えるような目で真寛を見据える。自嘲《じちょう》気味《ぎみ》に笑った顔は、それでも苦しそうだ。

「……声、録音なんかしていない」

「え」

「おまえに『証拠なんかない』って開き直られて、カッときて、咄嗟《とっさ》に嘘《うそ》を言った」

「それは……酷いな」

思わず出た言葉に、高木が両手で顔を覆《おお》った。大きな手がゆっくりと自分の顔を撫でている。一瞬、泣いているのかと思ったが、手の下から覗かせた目は濡れていなかった。口元を覆いながら大きな溜息を吐き、その体勢のまま、真寛に視線を向けてきた。

「本当にな。俺、自分であんな酷いことできるんだって、呆れたよ」

咄嗟に吐いた嘘に、自分でも驚いたという。

「なんでかな。とんでもない無理言ってんの分かってて、でもおまえに逆に突っ込まれて無理だって言われたら、どうしても言うことをきかせたくなった。意地になって、エスカレートして、その度にこれで終わりだ、なかったことにしろって言われて、……絶対そんなことさせないって思った」

あの時の揺れ動く心情を、高木が途切れ途切れに語っている。冷徹な命令を下しながら、高木も迷い、それでもどうしても止められなかったのだと。

「卑怯な手、使って、言うことときかせて。凄く後悔した。おまえショック受けて、滅茶苦茶《めちゃくちゃ》になってるし、取り返しのつかないことしたって、焦《あせ》った。話そうとしても、全然話聞いてくんないし。あんなことしておいて、当たり前だけど」

眉を下げた高木が、小さな声で言い訳の言葉を綴っている。

「滅茶苦茶になったままで終わるのはどうしても嫌で。だからおまえんち行くって言ったんだ。時間置いて、冷静に話聞いて、そっから相談相手にでもなれるかもって都合のいいこと考えた」

揺れ動く激情の中で、高木は高木なりになんとか立て直そうと努力したらしい。

「そしたらきっかけが新人歓迎会のあん時だって聞かされて、それ違うだろ、って……」

苦しげな表情が、情けないものに変わっていく。

「……取られたって、思った」

悪さを白状する子どものような心もとない顔をして、高木が言った。

「端《はな》から自分のものでもないのにな。でもそう思って、取り返そうとした。涌沢さんの悪口まで言って、陥れるようなことして、最悪だ」

吐き捨てるようにそう言って、高木がビールを呷った。

「涌沢さんのことが本当に好きだって言われて。あれには……堪《こた》えた」

不倫を責めれば考え直すかもと思い、説得をするつもりが逆にそんなことを言われて、どうしようもなくなったと。

「それでもこっち向けよってやっきになって。あとは泥仕合《どろじあい》だ」

願っていた関係はこんなものじゃない。だけど顔を見れば皮肉な態度しか取れず、自己嫌悪を真寛にぶつけてしまう。その上二人でいる光景を見れば逆上し、邪魔がしたくなる。

「……自分がどんどん黒くなっていく」

こんな風に自分のことを語る高木は初めてだ。いつも余裕で人の前に立ち、真寛のことなど歯牙《しが》にも掛けないような態度を取っていた高木が、今は自分の小ささと醜《みにく》さを認め、真寛に告白している。

「だから逃げた。顔見ると自分でも抑えきれなくなって、また酷いこと言って、酷いことしちまう。会社でも逃げまくった。異動の話がきて、いい機会だと思うことにしたんだ」

気弱な笑みを浮かべ、高木が真寛を見つめてきた。

「脅して嘘吐いて、やるだけやって傷付けて、逃げた。どんだけ卑怯なんだよって話だ」

「そんなことない」

高木の正直な告白に、自分も同じだったのだと、口を開く。

「俺も逃げてた。それに、高木の指摘は本当だ。甘やかしてくれる人なら、……誰でもよかった。気軽に差し伸べられた手に飛び付いたんだ。俺もおまえに……嘘吐いた」

こちらを見つめてくる瞳《ひとみ》に、真寛も小さく笑う。

「高木に『涌沢さんのことが本当に好きなのか』って聞かれて、答えたの」

高木の目が大きく見開かれている。恥ずかしさと情けなさで消え入りそうになりながら、それでも一番の罪を告白しなければならないと思った。

「あれ……嘘だ」

「おまえなあ……」

高木が発した言葉はほとんどが溜息になっていた。「なんだよ、それ……」と呻くような声を漏らしながらテーブルに肘《ひじ》をつき、頭を抱えている。

「好きでもないのに、甘やかしてくれるからって、ちゃっかり不倫して、それをおまえに糾弾されて、そんなやつだって思われるのが、……嫌だったんだ。ごめん」

頭を下げる真寛に、頭をテーブルにペッタリと付けて脱力している。

「いや、いいよ。……よくねえけど。とんでもねえけど」

「悪い」

「まあ、……おまえの性格じゃあそう言うんだろうな。半分言わせたのは俺だし」

納得できないものを、無理やり納得しようとでもしているのか、高木が呻《うめ》いている。

「っていうか、……なんだよもう。俺が、どんだけ……」

嘘まで吐いて脅迫し、話をしようと部屋にやってきて、責めて追い込んだ挙句真寛にまで嘘を吐かれた。その結果は高木が言う通りの泥仕合だ。

「おまえに従う振りをしながら、それに自分の罪悪感を変換したんだ。自分の気持ちにも嘘吐いて、罰《ばつ》を受けたんだから罪は帳消しになってもいいはずだって、自分を甘やかしていた」

テーブルに頭を載せたまま、高木が真寛を見た。

「高木のせいにして、可哀想がって、自分を許していた。俺のほうが、ずっと卑怯だ」

真寛の声に高木がふっと笑う。

お互いに卑怯者同士、腹の探り合いをし、互いに自分のしたことを悔《く》やみ、自身で傷付いていたのだ。

「研修の時のこと、本当は、ずっと後悔していた。いつか謝りたくて」

「知ってる。ここで聞いたから」

「早く言えよ」

「言えるかよ。送ってったのは涌沢さんだっておまえが思い込んでんのに、実は俺でしたなんて、格好悪過ぎるだろ」

真寛の非難の声に、高木も負けずに言い返してきた。

「なんでそこだけ格好つけるんだよ」

「分かんねえよ。おまえといると、とにかく調子狂うんだよ」

一度剝き出しになった感情を晒してしまったことにより、真寛を前にすると、取り繕《つくろ》えなくなってしまうのだと白状してきた。

「ガキかよって、自分でも呆れるぐらいどうにもならない。おまえも呆れてるんだろ？」

恨《うら》みがましい目で見つめられ、可笑しくなった。

「呆れない。っていうか、俺も大概《たいがい》な性格してるから。高木も完璧《かんぺき》じゃないんだなって、むしろ安心する」

「本当、性格悪いよな」

「お互いさまだろ」

互いに悪態を吐き、睨み合い、同時に笑う。言葉は相変わらずきつくても、真寛を見つめる目に険はなく、高木の目に映る真寛もたぶん同じだ。

「……俺んち来た時、俺、酷いこと言って。おまえ怒って出てっただろ？　……やっちまったって。すげえ後悔した」

嫉妬《しっと》したのだと、高木が情けない顔をしながら白状してきた。

「涌沢さんとのことを俺にノロケんなよって」

「ノロケてないぞ」

「俺にはそう聞こえたんだよ！」

開き直った高木がきつい声で叫んだ。

「人んちにわざわざやってきて、喜んでたらニヤついた顔して『あの人にいつも注意される』とか言われて、この野郎ってなったんだ」

そんな覚えは一つもないが、そう言った高木は本当に悔《くや》しそうな顔をして真寛を睨んでくるのだ。

「それで、おまえを傷付けて。……どんだけ後悔してももう遅くて。だから諦《あきら》めて解放した。もうそれぐらいしかできることないから」

真寛が自分のやってきたことに後悔し続けていたように、高木も苦しんでいた。罪悪感と嫉妬に苦しんでいたのは、真寛だけではなかったのだと、高木が声とその表情で教えてくれた。

「傷付いてなんかない。全然。俺もおまえにいっぱい嘘吐いてたから」

素直な気持ちを明かすのは、今でもとても恥ずかしい。だけど言いたいことも言えず、心にもない言葉で相手も自分も傷付くのはもう嫌だと、そう決心したのだ。

「俺も、高木を前にすると、自分が自分じゃなくなって、なんだか……いろんなことが上手くできなくなるんだ」

心臓がバクバクいう。途切れ途切れに、それでも懸命に気持ちを伝えようとしている真寛の言葉を、高木が待っている。

「何が一番きつかったかって、……おまえに、あんなとこ見られて、軽蔑されて、……嫌われたって思ったことだ」

高木が見つめてくる。照れ臭そうに、嬉しそうに、綻んだ口元から白い歯が覗いていた。

「たぶん俺、おまえや、俺自身が思っているよりずっと図太いんだと思う。何されても何言われても、結局根っこのところで、期待していた。繋がりが切れてないってことが……嬉しかったんだ」

どんな状況に陥っても高木にされたこと自体には傷付かなかった。それは自分の願望が叶えられた喜びと同時に、悪に徹しきれない高木の優しさを、確かに感じ取っていたからだ。

「脅迫なんか……されていなかったよ、俺は。だっておまえ、全然酷いことしないから」

資料室で自慰《じい》を強要された時、パニックを起こし泣きそうになった真寛を抱きしめてきた。この部屋に来て、初めて身体を重ねた時も、真寛が怪我《けが》をしないようにと気遣いばかりしていた。

「男童貞のくせに、余裕見せようとかするから」

「うるせえよ」

ムッとした声を出し、だけど口元は緩めたまま、高木が言い返す。

「詰めが甘いんだよ、高木は」

二度目に抱き合った時は、途中から二人して夢中になった。思い出せば、二人の行為は愛し合ったという以外の何物でもない、甘い時間だったと思うのだ。

「終わった途端に爆睡《ばくすい》したくせに」

「疲れたんだよ。おまえがしつこいから」

「店でパカパカ飲んでただろ。だからやめとけって言ったんだよ」

会話は相変わらず何処までいっても穏やかなものにならない。真寛の攻撃性は誰に対してもそうだが、高木の遠慮のなさはたぶん、自分に対してだけだ。

同期の中では断トツに優秀で、外面のいい営業部のホープは、実は心が狭く、嫉妬深い。今も声を荒らげて真寛の言い分にいちいち食って掛かってくる。

それをぶつけてこられる度に、真寛はなんとも言えない優越感と、柔らかい心地好さに包まれる。

言い合いをしながら、自然と口元が緩んでいく。

そうだ。こんな風に高木となりたかったのだ。言いたいことを言い、時には喧嘩して、許し合い、勝ったり負けたり。そうしながら高木の隣に並びたかったのだ。

笑っている真寛を見つめている高木の目も和んでいた。

「ここにおまえを送ってきた夜、言ってたこと、……まだ有効ってことで、いいか?」

自信家で人に傲慢《ごうまん》な命令ばかり下していた男が、柄《がら》にもなく気弱な笑みを乗せて、照れ臭そうに聞いてくる。

「ええと。……、俺、なんて言ってた?」

「俺を、その……。俺のことが……」

そこまで言った高木がふいっと横を向いた。

「なんだよ。言えよ」

「俺に言わせんなよ」

「覚えてないんだから仕方がないだろ」

「じゃあ、改めてもっかい言えばいいだろ」

キレた声を出し、真寛に告白してこいと強要してくる。そんな命令をされて素直に好きだなどと告白できる真寛なら、ここまで拗れていないわけなのだが。

「……言うのか」

恥ずかしいから不器用だからと逃げるのをやめにしたのだ。伝える努力をしないで諦め、それがどんな後悔を生んだのか、身をもって知っている。

大きく長い溜息のあと、高木を真っ直ぐに見た。

「高木、俺は、……」

「やっぱりいい」

「なんだよ」

人がせっかく意を決して告白をしようとしているのに、今度は遮られて剣呑な声を出した。

目の前にいる高木は真寛に負けず劣らずの険しい顔をして口元を押さえている。

「そんな重大発表みたいな顔されたら恥ずかしい」

「恥ずかしいんだよ！　俺だって」

「それに言われたら、俺も言い返さなきゃならないだろ」

「そりゃそうだ。当たり前だな」

同じ思いをしてもらわないと割に合わない。自分だけが恥ずかしい思いをするのは絶対に嫌だ。真寛の声に高木がまた睨んできた。

険しく眉を寄せてニヤけた口を押さえ、目が泳いでいるという器用な表情をしながら高木

が照れている。

「おまえのほうから言ってきてもいいんだぞ」

「だからいいって」

「言えよ」

「絶対に言わない」

お互いに強情な二人の言う言わないの押し問答が続き、終《しま》いには馬鹿馬鹿しくなって二人して諦めた。

こんな言い合いすら楽しくて、むずむずと腹の底が擽《くすぐ》ったくなる。真寛を見つめる高木の顔は、言葉にする前に真寛に気持ちを伝えている。たぶん向こうも同じことを思っているのだろう。照れて逆ギレしているような顔が、可愛らしいなどと思ってしまい、口元が緩んだ。

「まあこういうのが俺ららしいんじゃねえか？　無理することもないっていうか」

そう言って、高木が笑った。

「そうだな」

唇から白い歯を覗かせて、久し振りに真寛に向かい、高木が満面の笑みを浮かべている。

「随分……時間が掛かっちまった。馬鹿だな、本当」

「まったくだ」

同意した真寛を高木がまた睨んだ。

「お互いさまだろ」

どっちのほうがより馬鹿なのかという勝負は、引き分けかもなと、こちらを睨んでくる瞳に、真寛も笑って答えた。


キスが下りてくる。

「……ん」

それを迎え、自分からも絡み付く。唇《くちびる》が滑り、顎を噛まれた。喉元を反らせ、高木を迎え入れる。首筋の柔らかい皮膚に唇が当たり、強く吸われた。

「……痕《あと》を付けるな」

注意をするが、高木は言うことを聞かない。ますます強く吸い付き、柔らかい場所を探しては同じことを繰り返した。

高木の腰が蠢《うごめ》く。クチ、と音が立ち、呻くような声と溜息が聞こえた。身体を起こした高木が真寛を見下ろしてくる。ゆっくりと揺れながら、こちらを見つめている眉が寄った。

仰向《あおむ》けになり、開ききった足の間には高木の身体が入り込んでいる。真寛の中を占領し、抉《えぐ》るように腰を回し、刺激を与えながら高木も浸っていた。

離れてしまった唇が恋しくて、上にいる男の腕を手繰《たぐ》ると、高木が口端を引いた。下りてきた首に摑まり、迎え入れようと口を開いた。

揺れながら重なり、チュ、と音を立てたそれがすぐに離れてしまい、嫌だ、もっとと腕に力を込め、高木に目で訴えた。

「……なに？」

上で揺れながら、高木が笑い、分かっているくせにわざと聞いてきた。

「高木……」

「だからなんだよ」

顔を近づけ、触れる寸前で止まり、まだそんなことを言ってくる顔を睨んだ。ふいに高木の動きが変わり、ズ、チャ、という音と共に真寛の中の敏感な場所を擦《こす》ってきた。

「っ、は、……ぁん」

顎が上がり、背中が浮く。同じ場所をしつこく擦り上げられ、踵《かかと》がシーツを蹴《け》った。高木の動きに合わせて真寛の腰も淫猥《いんわい》に蠢く。真寛の顔を上から眺めながら、高木が繰り返す。

緩やかな官能が次第に膨らみ、高みに追い上げられていく。

「……イクか？」

身体を撓らせ、揺らされながら目を閉じ、小さく顎を引く。

「……ん」

「まだ駄目だ」

意地悪な声が聞こえ、動きが止まる。目を開けると、高木が楽しそうにこちらを見下ろしていた。

「おまえ、本当に酷いな」

真寛の非難に高木が歯を見せて笑う。

さっきからずっと、こうして追い上げられてははぐらかされ、いいように翻弄《ほんろう》されていた。その度に真寛に睨まれ、悪態を吐かれるのが楽しくて仕方がないらしい。本当に嫌なやつだ。

「なんでそうなんだよ」

見下ろしてくる瞳に恨みがましい目を向けると、高木が再び律動を始めた。

「分かんねえって言っただろ。おまえ見てると無性に……苛《いじ》めたくなる」

そんなことを言って、また真寛を翻弄しようと刺激してくる。凄く楽しそうだ。……詰めが甘いくせにと、真寛も不敵な笑みを浮かべ、高木の挑発に易々《やすやす》と乗っていった。

逞《たくま》しい身体にぶら下がるように背中を浮かせ、すぐ近くにやってきた顎を噛んだ。

「……ふ、っ」

僅《わず》かな痛みに高木が息を吐き、眉を寄せた。歯を当てた場所に舌を這わせ、癒《いや》すように撫でてやる。真寛を首にぶら下げたまま、高木が身体を倒してきた。

再びシーツに背中を付け、上にある顔を見上げる。相変わらず口元は笑んでいて、負けん気の強そうな目が真寛を見つめてくる。

その瞳を真寛も真っ直ぐに捉えながら、前もそうだったと思い出していた。高め合い、溺《おぼ》れながらどちらも負けるものかと反発し合っていた。重ね合う肌は心地好く、昂《たかぶ》りながらこの時間を終わらせたくないとも願った。高木も同じなのだと感じ、それが嬉しいと思った。

今目の前にある男も、同じことを思い出しているのだろうか。

そんなことを考えながら、首に絡めた腕を引き、キスをねだった。

高木が目を細め、唇が下りてきた。

軽く触れたそれが離れ、またねだってこいと促してくる。人の気持ちを試すような行為に、本当に子どもみたいなやつだと苦笑を漏らし、だけどそれが嬉しくて、愛《いと》しいと思った。

「高木……」

「なんだ？」

「キス、して……」

真寛の降参の声に、目の前にある口元が解《ほど》ける。素直に身体が下りてきて、望み通り、長いキスをくれた。

「……ん」

上唇の内側を撫で、甘噛みし、開いた中へと入ってくる。顔を倒し迎え入れると、高木の顔も傾き、横から合わさってきた。

「ぁ……、もっと」

顎を掬《すく》うような仕草に応え、大きく開き中へと招く。

「高木、まだ……、は、ぁ……、も……っと」

欲しがるだけ高木が与えてくる。息を吸い取られて、高木の口からも吐息《といき》が漏れていた。

ゆったりと揺れながらキスを交わす行為は、お湯の中にいるようで、いつまでも浸《つ》かっていたいくらいに心地好かった。

不意に唇が離れる。

「や、やだ……」

まだ欲しいと訴えると、高木が可笑しそうに片眉を上げ、首に絡まったままの真寛の腕を引っ張ってきた。

「起きて」

引かれる力に従い身体を起こすと、入れ替わるように高木の身体がゆっくりと沈んでいった。仰向けになった高木の上に乗せられる。

「このほうが好きにできるだろ？」

声に皮肉はなく、好きにしろと真寛にすべてを委《ゆだ》ねてきた。

真寛の腰に当てられた掌が、優しく撫でてくる。腕の動きに促され、真寛は腰を揺らめかせた。

上で揺れ動いている真寛を、高木が見上げてくる。真寛もその瞳を見つめたまま、身体を倒し、自分からキスをした。

「……ん、ふ」

引き寄せなくてもそこにある唇を、好きなだけ味わう。吸い付いて離れない真寛に、吸い付かれたままの高木が笑った。

「痕付けんなよ」

首筋に唇を這わせたら、先回りして言われた。

「自分は付けたくせに」

自分勝手な言い分に抗議をすると、真寛の首に指を当て「ここならギリギリ見えない」と嘯《うそぶ》いた。真寛も同じように高木の首に指を当て、首の付け根を指しながら顔を覗いた。高木が笑いながら真寛を見つめている。駄目と言われないからそこに唇を寄せ、吸い付いてみた。

自分から高木に触ることができるのが嬉しい。

資料室で初めて触れた時、真寛の部屋で二度抱き合った時、主導権は高木にあり、真寛は従うことしか許されなかった。今、高木は真寛を上に抱き、好きにしていいと身体を投げ出している。

吸い付いた唇に力を入れると、高木が腰を揺らめかせ、邪魔をするように下から突き上げてきた。

「ん、ぅ、あ……、っ、駄目、だ……動かすな……って」

大きな手が真寛の尻を包み、揉《も》みながら腰を回す。その動きに翻弄され、一旦《いったん》上がってしまった顔をまた下に向け、高木の首筋にむしゃぶり付いた。身体を波立たせるようにしながら中を擦られ、腹に密着した屹立《きつりつ》が濡れた音を立てた。

「ぁ、ぁあ、んん、はぁ、はっ、ぁ」

動きが細かくなり、今度は浅い場所を責め立てられた。波に翻弄される小舟のように、高木の胸に必死に縋《すが》り付いた。

「ん、……ん……付い、た」

愉悦《ゆえつ》の波に耐えながら、やっと記すことのできた印を見つめた。独占欲も執着も持っているつもりはなかったが、苦労して刻んだ印を見たら、自分のものだという満足感が湧いた。

浅黒い肌にある、小さな赤い印が愛おしい。

そんな真寛を高木が見つめている。優しげに目を細め、寄せた眉は少しだけ苦しそうだ。

もう一度顔を寄せると、ゆったりと眼を閉じ、真寛を受け入れていく。

「……高木」

「イクか……？」

さっきと同じ質問に、今度は首を横に振った。まだ嫌だ。もっと欲しい。そう訴える真寛に、天邪鬼《あまのじゃく》の高木は激しく突き上げてきた。

「あっ、あっ、や……っ、まだ、……っ」

首を振って回避しようとする真寛の意思をなぎ倒そうとするように、両手で腰を摑み、激しく揺さぶってくる。

「は、あ、はぁっ、は……っ」

腕で身体を支えていられなくなり、高木の胸の上にペッタリと縋り付く。刺激をもらいながら自らも腰を揺らめかせ、やってくる大波に身を任せた。

「たか……、ぁ、あ、高木……」

助けを求めるように名前を呼び、懸命に顔を上げた。もみくちゃにされながら、性懲《しょうこ》りもなくキスをねだる。ぐい、と項を摑まれ、高木が合わさってきた。

「あ、ふ……、ぁん、んん、ん——」

息苦しさと襲ってくる快感に、頭の芯《しん》がぼぅ、としてくる。視界が霞《かす》んでいく中、それでも必死に首を伸ばし、唇を重ねた。

身体のすべてを密着させ、キスをしながら高みに向かう。合わさりながら高木も声を漏らしていた。お互いの体温が融《と》け合い、呼吸さえ一つになった気がした。

揺れに身を任せ、極みを目指す。仰け反った顎を追い掛け、高木が柔らかく吸い付いてきた。舌を啜《すす》られる。

「は、……っ、は、あぁ、……っ、っ」

声も息も吸い取るようにされながら精を吐いた。高木の腹が濡れていく。

「ん……」

身体を揺らしながら余韻《よいん》に浸っている真寛の頭を大きな掌が撫でてくれた。繋がったまま揺れ、頭を撫でていた手が背中を滑り、尻を摑む。再び始まった抽挿《ちゅうそう》に真寛も合わせていく。身体を起こし、揺れながら下にいる高木の顔を見つめる。真っ直ぐに見つめ返してくる瞳が僅かに和み、唇から白い歯が覗いた。

「大丈夫そうか……？」

乱暴に真寛をイカせておいて、自分も浸りながら相変わらず気遣ってくる。言葉で答える代わりに腰を揺らめかせてみせた。

指に力が籠り、高木の眉が寄る。内腿《うちもも》に力を入れ、腰をさらに揺らす。余裕の笑みを浮かべていた唇から吐息が漏れ、顎を上向かせた高木が喉を晒した。

「……そういえばさ」

絶頂へ向かう準備を始めた顔を上から眺めながら、さっきのお返しとばかりに動きを止め、真寛は声を出した。

「なんだよ……？」

途中ではぐらかされた高木が剣呑な声を出し、それに向かって笑い掛ける。

「いつかの肉まんとお握りとチョコ、おまえか？」

バレンタインデーの日、残業をしていた真寛に贈られたささやかな差し入れ。真寛の質問に、高木の口がゆっくりと引かれ、白い歯を見せてきた。

「やっぱりおまえだったんだな」

「ほら、休んでないで動けよ」

照れ隠しなのか、高木が命令してきた。腰に当てた手で揺さぶりながら、高木が楽しそうに笑っている。身体を起こし、自分の下で笑っている男の顔を見つめ、真寛も笑みを返した。

「本当、おまえ酷いな。わざわざ嫌いだっていう具を入れるんだもんな」

促してくる手の動きに合わせ、ゆっくりと腰を揺らしながら悪態を吐いた。

「だっておまえそれが好きなんだろ？　だったら問題ない」

「それを言ったのはさっきだ。まったく、嫌がらせか」

高木の笑みが深くなる。

「まあ、そういうことにしといてやる」

そう言って、真寛を見上げた高木が、下りてこいと目で命令してきた。もう一度身体を倒し、唇を重ねる。

「ん……、っ、ん……」

真寛に奪われながら、高木が溜息を漏らす。僅かに眉を寄せ、真寛を味わっている表情を見つめながら、あの日、確かめていたらどうなっていただろうと考えた。

戻ってきたシートの上に、ちょこんと置いてあったコンビニの袋。もしかしたらと思いつつ、期待するのが怖くて、そのままにした。

浸っている高木を眺めながら、更に腰を揺らす。高木の眉がますます寄り、喉仏が上下した。肌に食い込んだ指は痛いほどで、自分に夢中になっているその強さが嬉しい。

「佐々倉……」

喘《あえ》ぐような声で名前を呼ばれた。両方の手で頬を挟み、答える代わりにキスで返した。眉を寄せたまま、薄っすらと目を開けた高木が見つめてくる。真寛も見つめ返しながら、更に身体を揺らした。

「……ちゃんと、……渡せばよかったな」

「ん……？」

キスの合間に漏らした声に、なんのことだとその目を見つめた。

「逃げてないで、ちゃんと言えばよかった」

眉は相変わらず寄せたまま、何処か情けない顔をして、高木が後悔を口にする。

真寛が悔やんでいたと同じに、高木もあらゆる場面で後悔していた。あの時ああしていれば、二人はもっと違っていたのにと、きっとずっと思ってきたのだろう。

真寛に頬を撫でられながら、高木が目を瞑る。慰めるようにまたキスを落とし、大丈夫、同じだからと声を出さずに囁いた。

高木が言ったように、随分遠回りをした。だけど今二人はこうして抱き合っている。今それが幸せなのだと、キスを繰り返した。

「佐々倉……あ、あっ、佐々倉……っ」

揺れが大きくなり、高木が声を発した。絞《しぼ》るように自分を呼ぶ声はあの時と一緒だ。泣き出しそうな声を上げて高木が真寛を呼ぶ。

「ん、っ……ぅっ、は、っ、は……佐々倉、くっ……ああ」

高木が大きく息を吐き、仰《の》け反《ぞ》るように腰を浮かせた。真寛の中のものが脈打ち、高木が爆ぜる。

「は、……あ、っ……」

分厚い胸を弾ませながら、高木がゆったりと浸っている。一緒に揺れながら、啄《ついば》むようなキスを落とし、高木の息が落ち着くのを見守っていた。

「……佐々倉」

腕が交差され、強く抱かれる。心臓の音が自分の肌の下で聞こえていた。真寛を乗せながら、高木がしがみついてくる。何度も名前を呼び、腕を離そうとしない高木の大きな胸の上で、ずっとその声を聞いていた。

「いらっしゃいませ」の声を聞き、顔を上げる。店内を見回し、真寛を見つけた高木が真っ直ぐに歩いてきた。

「遅れた」

「いや。たいして待っていない」

真寛の正面の席に着いた高木はまずビールを頼み、それからメニューを取った。

「なんか頼んだのか？」

テーブルの上を確認しながら高木が聞いてきた。肴《さかな》を相談し、やってきたビールで乾杯をした。

「どうだ？　慣れたか？　新しいところは」

高木が都内の営業所に異動してから二週間が経つ。引継ぎも終わり、そろそろ本格的に忙しくなる頃だろう。

「そうだな。慣れるのにはもうちょっと掛かるかな。やっぱり本社とは違うよ」

「おまえなら大丈夫だろう」

「まあな」

あっさりと肯定してビールを流し込んでいる。流石自信家だ。

「しかしあれだ。おまえの言ってた通りだよ。仕様がまるで違う。独自のマニュアル持っててさ。え、今そんなやり方やっててんですか？　って目がテンになることが多いよ」

「そうだろうな」

「なんで俺が行く前に全部整えててくれないんだよ。やりにくい」

「だから今一生懸命やってんだろ。文句なら上に言ってくれ」

新しい職場で高木はそつなくバリバリ働いているようだ。外面のよさは承知の通りだし、仕事に関しては言わずもがなだ。真寛も心配はしていない。

「そっちは？　上司変わったんだろ？　女の人だっけ」

「そう。まあ、やることは変わらないから。多少気を遣う場面もあるけど、そのうち慣れるだろう。けっこうきつい人みたいだ」

「ふうん。おまえ、衝突するなよ」

「それは分からないな。仕事なんだから、意見は言う」

「言い方に気を付けろって言ってんだよ。おまえの場合は特に注意が必要だ。謙虚《けんきょ》さを学べ」

相変わらずの上からの物言いに、無言でビールを飲んだ。

お互いの部屋を行き来する仲になっても、会話の内容も二人の空気もそう変わらない。話題といえば仕事のことばかりだし、特別に慣れ合うような雰囲気にもならない。高木は外でも部屋でも上から目線だし、真寛もいたって反抗的だ。言い争いのほうが多く、互いに引かないのが難点と言えば難点で、だけどそこに言い負かそうとする意地はないからまあ、こんな会話も楽しんでいる二人と言えた。

涌沢と過ごしていた、あのぬるま湯に浸かったような心地好さとはまた違う、それはピリピリするような感覚だった。高木と一緒にいる時、真寛は遠慮がいらない。自分よりも自信家で、負けず嫌いの男は、真寛が何を言っても悠然と受け止め、撥ね返してくる。その弾力が頼もしく、嬉しいのだ。

真寛の飲んでいたグラスが空き、高木が「頼むか？」と店員を呼んでくれた。

「あと一杯ぐらいならいいだろう」

そして人の飲む酒の分量を制限してくるのも変わらない。

「おまえが決めるな。俺だって自分の許容量ぐらい分かっている。あと五杯はいける」

「ほら分かってない。駄目だ。二杯にしとけ」

「そういえばさ。高木、いつか言ってただろ？」

ふと思い出して、前に答えてもらえなかった質問を口にしてみた。

「なんだ？」

「ほら、酒飲んだあとにスポーツドリンク飲むなって。あれ、なんでだ？」

真寛の質問に、高木が「なんだそんなことか」という顔をした。

「水ならよくて、なんでスポーツドリンクは駄目なんだ？　むしろ逆じゃないか。水分補給としては」

「二日酔いの朝の脱水症状の緩和ならいいけど、飲んでる時は駄目だ。酒飲みの常識だろ」

「そうなのか？」

そんな常識は知らなかったという真寛に、高木が呆れたような顔をした。

「ああいう飲み物って吸収がいいから、酔《よ》っ払っている時に飲んだりしたら、あっという間にアルコールが回るんだよ」

「へえ……」

新人歓迎会の夜、二次会を無事に終え、少し休んでから帰ろうと自販機でドリンクを買った。選んだのはスポーツドリンクで、一気に飲み干したあと、真寛は記憶を失うほどの泥酔をしたのだった。

酒に弱いという自覚はあるが、突然あんな風になったことが自分でも不思議だったのだ。慣れない仕事の疲れと緊張で、知らず体調が悪かったのかと思っていたのだが、その原因がいま解明した。

「下手《へた》するとアルコール中毒で運ばれるぞ」

学生時代の苦い経験があるらしい高木はそう言って真寛に注意してきた。

「おまえの場合はそれ以前に飲み過ぎるなってことだ」

「だから自分の許容量ぐらい知ってるって」

「嘘を吐け。すぐ眠くなるくせに」

そんな会話をしている時に、真寛の携帯が震えた。テーブルに置いてあるそれをタップして確認する。

――彼氏とはもう別れた？

涌沢からの嫌がらせメールだった。苦笑しながら速やかに内容を消去する。

こういう悪戯《いたずら》はしてこないでほしい。知れた時の高木の荒れようが、酷いことになるから。

「誰？　仕事絡み？」

「いや、迷惑メールだった」

案の定、携帯を操作している真寛の手をじっと見つめている眉間に、剣呑な皺が寄ってい
た。この場合、言い訳を募らせ、下手に言葉を重ねるのは得策ではないので、無言のままそ
知らぬ顔をして、携帯を鞄《かばん》にしまった。

「ビールやめて酒にするか。日本酒飲みたい。おまえも付き合えよ」

「それはいいが。飲んじゃ駄目なんじゃないのか？」

「いいよ。許す。俺がいるからまあ、潰れてもなんとかなるだろ」

「潰す気か」

高木の口端がニヤリと上がった。酒は自白剤ではないのだが。

相変わらず心が狭く、嫉妬深い男だ。

部屋に帰ったら宥めるのが大変だなと、店員に注文を伝えている高木の横顔を眺めながら、
真寛は密かに溜息を吐いた。

勝負の行方

時計を見て舌打ちをした。

今日は接待もないし、残業もないはずだったのにと、高木夏彦《たかぎなつひこ》は恋人である佐々倉真寛《ささくらまひろ》の部屋へと急いでいた。

新しく所属した営業所は、中の人間の結束が固く、その延長でやたらと飲み会が多い。誘われれば断らないし、新しい職場に慣れていない身としては、有難いともいえる。

今日は真寛の誕生日だった。飲みに誘われても今日だけは断るつもりでいたのに、営業所長から直々《じきじき》のご指名があったのだ。断るわけにはいかなかった。

祝ってやると言った高木に真寛が「……えー」と、さも面倒臭そうなリアクションをしたので、俄然《がぜん》やる気になったのに。

いつもの居酒屋などではなく、少し値の張ったレストランで食事をして、サプライズケーキなんか出してやったらどんな顔をして嫌がるだろうかとほくそ笑んでいた。年の数の蠟燭《ろうそく》を吹き消す真寛を是非見てみたかった。残念だ。

真寛には事前に連絡をした。『急な飲み会が入った』のメールに『了解』の返答が来ただけだった。外での誕生会はなしになり、真寛の部屋でのささやかな祝いに変更になった。大袈裟な誕生会にならずにホッとしているかもしれないと思うと、本当に残念でならない。

駅前の賑《にぎ》やかな道を抜け、少し行くと真寛の住むマンションが見えてくる。途中の酒屋で赤ワインを一本購入した。花屋の前を通り、ちょっと迷ったが、それはやめにした。

ドアを開けた真寛は、胡乱《うろん》な目つきで遅くにやってきた高木を出迎えた。

「悪いな。せっかく約束したのに」

今さっき買ってきたワインのボトルを手渡しながら言うと、真寛は「いや」と短い返事をして、部屋の中に戻っていった。

特殊な造りをしている間取りの梁を、慣れた動作で潜《くぐ》り抜け、リビングにしている部屋に入る。テーブルの上には、適当に食べた弁当の殻とお握りの殻と惣菜のパックがそのまま広げてあった。誕生日であっても特別なことは何もなく、平常通りの夕飯を取ったらしい。

「ワイン開けようか」

もう一度梁を潜り、勝手に台所に行き、グラスとオープナーを出してきた。

「高木は食べてきたのか?」

「ああ、飲みながら。どうせ飲んだらそんなに食べないんだけど」

「そうだったな」

真寛も一人で晩酌《ばんしゃく》をしていたらしく、テーブルの上にはグラスが置いてあった。ビールが少しだけ残っていたそれを飲み干し、これに注げと高木に差し出してくる。

「ま、せっかくのワインなんだからさ、ちゃんとワイングラスで飲もうぜ」

「そうか」

大人しく納得し、高木がワインを注ぐのを真寛が眺めている。

乾杯、と一応形だけグラスを合わせ、二人して口に運んだ。渋みのある赤はそれでもスッキリとしていて、飲んできた高木でも容易に流し込める。割と美味《うま》いと思った。

「悪かったな。こっちから誘っておいて」

もう一度謝ると、真寛はゆったりと笑い、「本当、いいって」と言ってワインを含んだ。チビチビと舐《な》めるように味わっている。

「誕生日なんて、大仰《おおぎょう》に祝ったためしなんてないし。まったく興味がない」

だから大仰なことをやらかしてやろうと目論《もくろ》んだのだが。

合理的かつクールを装っている真寛は、そういったイベントには言葉通りまったく興味がないらしかった。

今日の誕生日を迎える前に、高木が「何か欲しいものあるか?」と聞いたら、キョトンとして「なんで?」と聞いてきたのだ。

「なんでって……そりゃ、欲しいもんがあれば贈ろうかとか、そういう感じ」

「高木が?　俺に?　誕生日だから?」

あまりの素直な質問に、もしかしたらこいつの生きてきた境遇はかなり悲惨《ひさん》なものだったのではと勘ぐったほどだ。実際は悲しい子供時代でもなく、ごく普通の家庭環境で育ったという話だったが。

高木のプレゼントの提案に真寛は考え込み、「特に今欲しいものはない」と言った。

「だって欲しかったら自分で買うし、家買いたいなんて言ってもおまえ、困るだろ?」

もっともだ。

「急にそんなの聞かれても思いつかないし、そろそろ米がなくなるからって、そういう話でもないもんな」

それももっともだ。

そんなやり取りがあり、結局プレゼントはなしの方向で、じゃあ二人で飯でも食いに行こうという話に纏まったのだ。

高木にしても誕生日だ記念日だと騒ぐことに、たいした意味を感じていなかった。ただ、今までの付き合いで、そういうものだと思い込んでいた節がある。プレゼントをもらえばそれはそれで嬉しいが、用意がなかったと言われても、ガッカリするものでもない。

特別仕様の夕食に誘ったのは悪戯心が働いた上での単なる嫌がらせだった。蠟燭を前にした真寛の、困惑した顔を見られなかったのは残念だが、約束が反故《ほご》になったことを本人も気にしていないようだし、却ってホッとしただろうと思えば、高木もことさら気にすることでもないのだろう。

男同士の付き合いというものは、気楽なものであり、素っ気ないものでもあるんだなと、真寛との恋人関係を続ける日々の中、いろいろなことに気付かされている高木だった。

「赤ワインって飲んだことなかったけど、割と美味いもんだな」

少しずつ舐めるように味わっていたワインをグラス半分ほど減らし、真寛が感心したように言っている。

「ああ。俺もよく知らないし、適当に選んだんだけど、今日のは当たりだな。飲みやすい」

「うん。むしろ白より軽いかも」

美味《おい》しそうに飲んでいるから、もう少し飲むか？　とボトルを向け、素直に傾けてきたグラスに注いでやる。

「誕生日だからな。特別だぞ」

部屋飲みだし、今日のところはいいだろうと、許可を出してやる。

「誕生日か。全然感慨もないが。高木はあれか、自分の時には大々的に祝ってほしいか？」

「いや。普通でいいよ、普通で」

「普通ってのは外で食事して、プレゼント用意して？」

「いいよ。俺は」

「なんでだよ。俺にはしてくれようとしたんだろう」

「とにかくいい。俺もおまえと一緒で、そういうのに特別思い入れもないから」

そうか、と真寛はあっさり引いた。グラスをまたこちらに向けて催促《さいそく》してくるから、そこに注いでやる。赤ワインが気に入ったようだ。

「……欲しい物聞かれたら、女の人だったら喜んであれ欲しい、これ欲しいって言うんだろうな。そういうのが高木だって嬉しいんだよな」

しばらくの沈黙のあと、真寛が同じ話題を出してきた。どうにも誕生日の祝いということに引っ掛かっているらしい。

「いや。そうでもないよ」

「普通はそうだよ。それでもらって『ありがとう』とかって、可愛く言うんだろ？　女の人って。吉永《よしなが》さんとか」

「吉永？　なんでそこに吉永さんが出てくるんだ？」

高木の疑問に真寛が睨んできた。吉永は真寛の勤める本社の総務部にいる女性だ。

「あの人、高木のこと好きだろ」

「え？　そうなのか？」

しらばっくれたら真寛の目つきが鋭くなった。目を逸《そ》らすほど後ろ暗いことはないから、こちらからも見返すと、ふぃ、と真寛が横を向いた。

「……まあな。吉永さんだけじゃないんだろうし。おまえの外面のよさに騙されている人は」

苦笑して真寛の嫌疑を黙殺した。外面のよさも性格の悪さも自覚している。確かに吉永をはじめ、高木に対して好意を寄せてくる存在は、真寛の指摘通りいるにはいるが、こちら側から思わせ振りな態度を取ったり、騙したという覚えもないから責められる謂れもない。

「欲しい物って聞かれた時、なんか適当に答えたらよかった」

横を向いたまま、真寛が言った。まだ拘《こだわ》っている。

「適当に言われても嬉しくないけどな」

「なんでもいいとも思うけど、趣味に合わない物をもらっても困るしな。金で買える物は自分で手に入れたほうが、ストレスがない」

「そうだな。合理的だ」

「俺は高木が手に入っただけで、幸せだし」

さらっと普通の声で、聞き捨てならないことを言われ、唖然《あぜん》として向かいにいる男を見返した。言った本人は何事もなくワインを飲んでいる。

「……おい、佐々倉、俺が来る前にどんだけ飲んだ？」

涼しい顔をして顔色も変えず、真寛は「どんだけ飲んだ？」は「どんだけって、それほどでもないよ。ワインを少し。白」と答えた。

「白ワイン飲んだんだな。これの前に」

「だって、高木が外での食事はなくなったから家で祝おうって言っただろう。じゃあ、それぐらい用意しておこうかと思ったんだ」

「……で、その用意したワインは？」

テーブルの上にワインのボトルはなかった。そして高木が来た時に、真寛はビールを飲んでいた。

「全部飲んだのか？　一本」

真寛は答えずに、赤ワインの入ったグラスに口を付けている。

「おまえ……」

真寛は酒が弱い。そしてこの男の質《たち》の悪いところは、表情も、口調も変わらずに、静かに泥酔することだった。酔っているという自覚もまるでないのが恐ろしい。

正体がなくなるほど酔っ払った姿を見たのは一度きりで、本人もあんなことは初めてだったと言っていた。負けず嫌いの性格で、密かに特訓をしているらしいのは微笑《ほほえ》ましいが、多少強くなったと過信しているようなのが危なっかしい。

新人歓迎会で潰れた真寛をここまで送ってきて、真寛の高木に対する気持ちを滔々《とうとう》と語られた。その後、一年以上もの間、二人の関係が進展を見せなかったのは、高木の驕《おご》りと惰性が招いたものだ。

どんな態度を取られても腹も立たず、面白がり、そんな真寛をいつしか可愛いとさえ思っていた。優越感に浸りながら、愚《おろ》かにも自分の中だけで愛を育てていた事実に気付かされ、同時にひっくり返されたあの日の衝撃は今でも忘れられない。

苦い思い出を噛み締めている高木の前で、真寛が飄々《ひょうひょう》と酔っ払っている。

「本当だよ。プレゼントとか、そういうのより、こうしてここに高木がいるってことが、俺にとっては凄いことなんだよ」

「ああ、……うん。そうか」

「だから吉永さんみたいに可愛く喜べないけど」

「うん。あの人可愛いよな」

「離れないか。つか、そんなに可愛いか？　普通だろ」

「いや……可愛いよ。凄く」

両手でワイングラスを包んだまま、真寛が「羨ましい」と呟いた。

「傍《はた》から見てても高木のことが好き好きー、っていうのが分かってさ。ああいう素直なのが羨ましい」

喉の辺りが擽ったくなり、無言で頬を掻く。

「でも俺だって、高木が好きな気持ちは負けないつもりだ」

そんなことを言いながら、真顔でこっちを見つめてくるから困ってしまった。

「そういう気持ちを素直に態度とか、言葉に出せたらどんなにいいかって思うよ」

「おまえもう飲むな。水にしろ」

持っているグラスを取り上げ、台所に向かう。新しいグラスに冷たい水を注ぎ、真寛に渡してやると、素直にそれを手に包み、変わらない姿勢で水を飲んだ。……飲み物の中身が変わっても分からないほどの、泥酔具合らしい。

「涌沢さんに言われたんだ」

美味しそうに水を飲んだ真寛が溜息を吐き、そう言った。真寛の隣に座りながら、聞きたくもない名前を口にする顔を凝視《ぎょうし》する。

「……あの人に、何を？」

「『続かないよ』って。あ、高木のことじゃないよ。言ってないから。俺自身のこと」

「そんなのはどうでもいい」

「誰ともそんなじゃ続かないってさ。相手を追い詰めたら逃げられるぞって。俺みたいなのは難しいんだって。ほら、性格きついし融通が利かないから」

……あの野郎。何を吹き込んでいるのか。涌沢の薄笑いを思い出し、奥歯を噛んだ。

思い出しても腹が立つ。人が余裕綽々《よゆうしゃくしゃく》で一人で愛を温めている間に、横から真寛をかっさらわれた。しかも高木の名を騙《かた》って。

実際には名を騙られたわけでもなく、全部自分が悪いのだが、一瞬でも真寛があの男に自由にされていたのかと思うと、腹の中が煮えくり返るのだ。

「重いし、引かれるし、難しいから逃げるんだってさ」

「そんなの単なる嫌がらせだろ」

「うん。そういう面倒臭いのを受け止められるのは自分だけらしいよ？　涌沢さんは懐《ふところ》が深いらしい」

「あの人の場合は懐が深いんじゃなく、モラルが低いんだよ」

「そうとも言う」

カラカラと笑いながら、真寛が水を飲んでいる。

「俺は追い詰められても別に平気だけどな」

「そうか。そうだな。追い詰めるのはむしろおまえのほうが得意だもんな」

自分も懐の深いところをアピールしようと試みるが、高木の心が狭いことは、真寛が一番知っていることなので、そんな切り返しをされた。酔っ払っていても毒舌は冴《さ》えわたっている。

「まあ、どっちにしろ、俺は平気だってことだ。性格きついのなんか最初から知ってるし、逃げるほどのことでもないぞ」

「そうなんだよなあ。おまえってさ、本当凄いよ」

「それは褒めてんのか？」

「褒めてる」

真顔で頷くからまあ、信じることにした。

「大概さ、見た目と違うって責められて逃げられるんだよ。そこまで言うことないだろ？って。なんていうかさあ、勝手に決め付けて、勝手にガッカリされるんだ」

「そうか?」

「うん。可愛くないんだと。吉永さんみたいに」

「そこに吉永さんを持ってくるか」

「別にいいんだけどさ。俺も少しは大人になったし。成長の過程だし」

「自分で言うなよ」

「男だし、可愛いなんて言われたくないから。けど可愛くないって言われるのはやっぱり腹立つだろ?」

そうやってムキになっている真寛は充分可愛いと思うんだがと、こちらに同意を求めてくる顔を眺めながら首を傾げた。

「別にそのままでいいだろ」

「よくないよ。俺に何言われてもへこまないのは、おまえぐらいなんだから」

だからいいんじゃないか。

きつい目で睨んでくるのを笑って躱《かわ》しながら、自分だけワインを飲む。口がきつかろうが、融通が利かなくて難しかろうが、高木が構わないのだからそれでいい。

初めて真寛と会った時のことを思い出す。

新人研修の説明会の会場で、同じグループになる連中が、どうやって真寛に声を掛けようかと遠巻きにしていた。えらく綺麗な男もいるもんだなと、その整った横顔を自分も眺めていた。

斉藤が妙なはしゃぎ方をしたのも、沢木が臆《おく》したのも、本当の理由をたぶん真寛は分かっていない。それが口を開いた途端辛辣な言葉が飛び出し、確かに周りは唖然とした。だが高木はそんな真寛が却って面白いと思ったのだ。

これで人当たりの柔らかさを覚え、大人の色気なんか出し始めたら、こっちが気が気でなくなる。

「そのままでいいよ。まあ……俺といる時ぐらいは、もうちょっと素直に甘えてこられたりしたら、嬉しいかもしんないけど」

素面《しらふ》の時にな、と真寛が酔っていることに乗じて高木も本音を吐いてみる。

「とにかく俺は平気だし。だからあんなやつの言ったこと、気にすんな。な?」

真寛が怪訝《けげん》な顔を見せて高木を見返してきた。

「なんだよ、その顔は」

「……高木が優しい。またなんか企《たくら》んでんのか?」

「企んでねえよ!」

憮然《ぶぜん》としてグラスを呷る高木の前で、可笑しそうに笑いながら真寛も水を飲んだ。

「甘えられたいか? 俺に」

悪戯な目で真寛が聞いてくる。

は慌てた。

「嘘だよ。ねえな」

反射でそう答え、目を逸らしたら、「なんだ」とガッカリしたような声を出したから今度
「あ、いや……」

「俺は時々でもいいから甘えたい。でも、そうだよな……引くよな」

「だから引かないし。甘えてくれればいいだろ」

「……本当?」

水の入ったグラスを持ったまま、真寛がジリジリと寄ってきた。

「あ、ほら、誕生日だし」

思い付きの高木の言葉に、真寛がパッと顔を輝かせた。輝く真寛は珍しい。

「そうか。誕生日にかこつけて、祝ってもらえばいいわけだ。高木、おまえは本当にこじつけが上手いな」

「……ありがとう」

「じゃあ、誕生日なので失礼して」

そう言って、にじり寄ってきた真寛はテーブルにグラスを置き、高木の膝の上に乗ってきた。胡坐を掻いている高木の足の間に尻をつき、向かい合って座る。首に手を回した真寛が見上げてきた。

そうか、こんな風にしたかったのかと、笑って自分の上にやってきた細い腰に手を当て、支えてやった。

「これは……っ」

感嘆の声を上げ、真寛が目を見開いている。

「どうした？」

「想像以上に恥ずかしい」

泥酔しても一向に変わらない顔色を、耳まで真っ赤に染め、膝から降りていこうとするのを引き留めた。

「待てって、ほら。甘えたかったんだろ。存分に甘えろ」

「いや、いいです、いいです」

「遠慮すんなって」

上半身を捻《ひね》って逃げようとするのを無理やりこちらに向かせ、腕を取ってもう一度自分の首に掛けてやった。摑まらせながら、高木も腕を回して真寛の身体をホールドする。

高木よりも小さいが、男の身体は女性と違い厚みもあって肉も硬い。それでも恥ずかしそうに下を向き、緩む口元を隠している様子が滅茶苦茶可愛いと思う。

「どうだ？　嬉しいか？」

覗き込むようにして聞いてやると、首に摑まっていた腕に力が入り、ギュッとしがみ付いてきた。頬に当たっているこめかみに唇を押し付けながら背中を撫でる。くふん、と真寛が溜息を吐き、肩の辺りが温かくなった。

「これがプレゼントになるのか。誕生日の。でもまあ別に誕生日にかこつけなくたっていいぞ？　っていうか、佐々倉の甘えるってのはこういうのか。ふうん。可愛いもんだな」

「うるさい。黙っていろ」

「なんだよ」

「今、噛み締めている」

やっぱり可愛くない、と言おうとした言葉を呑み込み、言われた通りに口を閉じた。背中に置いていた片方の手を真寛の頭に乗せ、ゆっくりと撫でてやる。

どんな顔をして人の膝に乗っているんだろう。覗きたいが、真寛は高木の胸にしっかりと貼《は》り付いて、顔を隠している。

「高木」

「ん？」

「……大好きだ」

どうにかして覗いてやろうと企んでいた自分の顔のほうが、崩壊した。

普段は絶対に聞くことのできない真寛の本音を聞かされ、こちらのほうが贈り物をもらったような気分になった。

上半身をペッタリと高木の胸に預け、人の膝の上を堪能《たんのう》している真寛の髪を梳《す》いてやる。

「佐々倉。ええと、……真寛、俺も……」

お返しをしようと、意を決して名前を呼ぶと、寄り掛かっている真寛の身体がずっしりと重くなった。

「佐々倉？」

返事の代わりにすぅすぅという規則正しい寝息が聞こえてきた。

「……また言い逃げかよ」

こうなってしまうと、揺らそうが殴《なぐ》ろうが真寛は目を覚まさない。仕方がないからちゃんと寝かせてやることにして、寄り掛かっている身体を起こそうとするのだが、無理やり引き剝《は》がされた真寛が、獣《けもの》のような呻き声を上げてまたしがみ付いてきた。

真寛の腿に腕を添え、よ、という掛け声と共に立ち上がる。コアラのようになっている男を胸に貼り付けたまま寝室へ運んだ。

「ほら、手ぇ離せ」

ベッドに腰掛け、横にさせようと苦心していると、高木の声に反応した真寛が「ん」と返事をしながらまたしがみ付いてきた。

そういえば、最初に真寛をこのベッドに運んだ時は、両脇《りょうわき》に手を入れて、力ずくで引きずってきたのだった。

あの時のことを思い出し、笑みが零《こぼ》れる。ぐにゃぐにゃになって、すみません、すみませんと謝りながら、好きなのに、どうしていいか分からないと、当の本人に告白してきたのだ。あれから丸二年と少し。同じような状況で、だけど真寛は今、安心した顔をして高木にしがみ付いている。

「俺も負けてないんだけどな」

気持ちの強さを勝ち負けで言うならたぶん、自分が勝っていると思う。それを言ったら負けず嫌いの真寛はまた、俺のほうがと食って掛かってくるだろうか。

高木の肩に頭を乗せ、寝息を立てている真寛のこめかみに唇を押し付けると、重たげに頭を上げた真寛が、寝ぼけたまま顔を近づけてきた。

本当にこれが好きなんだなと思いながら、自分を探しているそこに唇を当ててやる。嬉しそうに吸い付きながら、真寛の唇が笑った。

「まったく。いっつも言い逃げしやがって。……明日覚えてろよ」

寝ぼけながら人の唇に吸い付いている男に応え、高木も笑った。


……目覚めたら、物凄く喉が渇いていた。

頭痛もするし、だけど吐き気がするほどではない。十段階でいうと、六ぐらいか。

二日酔いの程度をそんな風に判断しながら、自分の部屋の天井《てんじょう》を見上げていた。

「……起きたか？　水、持ってきてやろうか？」

隣で寝ていた男が真寛を見ている。目を擦りながら高木が身体を起こし、ベッドから下りた。大きく伸びをしながら寝室を出ていった。

水を待ちながら、昨夜の出来事を反芻する。

急な飲みで遅くなるという連絡をもらい、一人飲みをしながら高木を待っていた。やってきたことは覚えている。謝られ、赤ワインを開けて二人で乾杯したことも、覚えている。

それから取り留めもない話をし、なんだか絡んだような覚えもある。誕生日を祝ってやるなどと言われ、そんなもの、と思いながら、実は相当嬉しかったらしい。はしゃいだような気がする。

「あれ？」

二人で飲んで、そこからここで寝るまでの記憶がスッポリとない。リビングで飲んで、あれからどうしたんだっけ？

天井を見上げながら昨夜のことを懸命に思い出そうとしている真寛の額に、冷たいボトルが当たった。

「起きられるか？」

顔を覗かれ、手を取ってもらい身体を起こす。受け取った水を一気に飲み、大きな溜息を吐いた。

「まだ飲むか?」

「うん。っていうか……なんで俺、裸《はだか》?」

子どものように両手でボトルを抱え、飲んでいるのをじっと見守っていた高木が変な顔をした。

「……やっぱり覚えてないのか」

「ええと……」

思い出そうと目を左右に動かしている真寛の手からボトルを取り上げた高木が「まあ、いいよ」と、またベッドに入ってきた。

「まだ五時過ぎだ。起きるまで時間あるし。もう少し寝てろ」

「ああ、うん。……てか、なんで俺だけ裸……?」

「それはおまえが『暑い、暑い』っつって脱いだんだろ」

「そうなのか?」

「そうじゃないけど」

「なんだよ。じゃあなんでだよ?」

隣に寝た高木がニヤ、と笑う。

「……おまえ、俺が寝てる隙に何かしたのか」

「したのは俺じゃねえだろ？」

「えっ？」

横になった高木が目を開けた。物凄い笑顔で。怖い。慄《おのの》いている真寛を見つめ、ふ、と息を吐く。

「まったく。だから飲み過ぎんなっていつも言ってんだよ。……まあ、昨日みたいなことがあるなら、たまにはいいけどな」

「昨日、俺何したんだよ？」

「でもあれだ。おまえ絶対に外であんなこと言うなよ？」

「だから何を？」

しつこく聞く真寛の背中に手を回し、抱き込んでくる。上にある顔がニヤニヤしていた。

……気持ち悪い。

「なあ、高木、教えろよ。俺、昨日何言ったんだよ」

「だけどあれは勘弁してくれ『まーくん』呼びは」

「なんだよそれ、『まーくん』て」

「だからおまえの名前だろ？　そう呼んでくれってダダ捏《こ》ねたじゃないか」

「俺は生まれてからこれまでそんな呼び方をされたこともないし、してほしいと思ったこともない」

「じゃあ、潜在意識の中の願望なんだ？　おまえも可愛いところあるな」

「断じてないぞっ。おまえ、俺が覚えてないのをいいことに、あることないこと言ってるだろ」

前にある胸に手を当て突っぱねながら荒い声を出す真寛を、強い力で引き寄せてきた。

「本当だって。いいから。ほら、寝ろ」

ポンポンとあやすように背中を叩き、こめかみに唇を当ててくる。

「まあ、おまえの気持ちは分かったから。あれぐらいならいつでも言ってこい。なんぼでもしてやる」

「だから何を……？」

抱き込んでくる口元がまだ笑っている。人が覚えていないことに乗じてからかっているのは分かったが、それでも緩んだ口元はとても嬉しそうで、確かに真寛は昨夜何かをしでかして、高木を喜ばせてしまったようだ。

「高木……？」

「あー、もう！　寝ないのか？　寝ないんなら昨夜の続きするぞ。いいんだな？」

業《ごう》を煮《に》やしたようにそう言って、身体を起こした高木が真寛の上に乗り上げてきた。

「続きも何も……」

「もう黙ってろ。面倒臭えから」

口を塞がれ、中を掻き回してくる。

「酒臭えな、おい」

笑いながらそう言われ、首筋を舐められた。軽く吸い、舌を這わせ、それがまた唇に戻ってくる。突然始まったことに対応できずに啞然としている真寛の顔を、高木が見下ろしてきた。

「……大丈夫そうか？　二日酔い。頭痛い？」

適当なことを言ってからかい、乱暴に事を始めたくせに、相変わらず人の身体を気遣ってくる。

「平気だけど」

そう答える真寛に高木が柔らかく笑い、ふわ、と合わさってきた。

「……ん」

「おまえはそのまま寝てろ。今日は俺が全部するから」

「え……？」

「まぐろでいいからな。大人しくしてろよ」

離れた唇がそう言って、また合わさってきた。音を立てて何度も軽く啄まれ、また首筋に滑っていく。頭を抱き、髪に指を差し入れる。真寛に撫でられながら、高木の身体が下りていった。

「あ……ん、高木」

胸の粒を舌先で転がされ、もう片方も指で可愛がられる。引き上げようとする力に抵抗し、高木の身体がもっと下へと下りていった。脇腹を軽く噛まれる。ヒク、と波打った肌を宥めるように舌で舐め、また噛んできた。

「ん、ん……ぁ」

僅かな痛みと次に訪れる柔らかい刺激を交互にもらい、背中が反る。浮き上がった腰を持たれ、その中心に高木の舌が這っていった。

「は……っぁ、っ、ん」

突然含まれて声が飛び出す。グジュグジュと音を立てて、高木の口が真寛の屹立を包んできた。驚いて逃げようとずり上がった身体を摑まれ、引き下ろされた。大きな身体が足の間に入り込み、足を大きく開かされる。

「あ、あ、……ぁあ、ん、高木、た……ぁ、っ」

舌で包むように撫でてきたかと思うと、強く吸い付きながら顔を動かし、寝起きの身体が無理やり覚醒《かくせい》させられる。高木の口で早急に育てられたそこが、みるみる芯を持っていった。

頭を擡《もた》げた茎《くき》を、横から吸い付いたまま舌で舐《ねぶ》られる。そうしながら掌で握《にぎ》り、ゆっくりと上下された。

「ちょ……っ、たか、ぎ、待て、って……ぁあ」

いきなりのことに頭がついていかず、困惑したまま追い上げられる。引き剝がそうと頭を摑んだら、両手首を摑まれ、逆に引き剝がされた。

「は……っ、あ、ぁあっ、んん、や……」

両手を捕まえられた状態で、高木の舌が蠢く。チロチロと先端を抉り、裏筋を舐め上げてきた。浅く含んだ唇を動かし、舌先で擽られる。真寛がこの刺激に弱く、だけど些細な刺激では達することができずに、悶《もだ》えながら泣き声を上げるのが高木は好きなのだ。体格も力も敵わない真寛は、これが始まってしまうとどこまでも泣かされ続ける。

朝から濃厚な悪戯を仕掛けられ、翻弄されながら高木の気の済むまでされるしかないと諦めていたら、いきなり高木の動きが変わった。喉奥まで引き込まれ、柔らかく吸い付きながら、ゆっくりと動いていく。

「あっ……ああ、ぁあ、ああっ、……ぁあ」

絶頂を促すように高木が口淫《こういん》を繰り返す。真寛の両手を捕らえたまま顔を上下され、すぐにも連れていかれる。

「んん、んぁ、あ、……っ、ん——」

腰が浮き上がる。高木が深く吞み込んだ。舌で包みながら吸い付き、撫で回す。浮いた腰を震わせながら高木の中に吐精させられた。

「……ふ、ぁん、ん、は……ぁ……」

搾《しぼ》り取るように高木の舌が蠢いている。息を漏らし、残滓《ざんし》を舐め取られる行為に浸ってい
た。真寛の下半身に被さっていた大きな身体が、やがて起き上がった。さっき真寛のために
持ってきた水を飲み、それからまた真寛の隣に入ってくる。

「これで満足だろ？　じゃあ、大人しく寝ろ」

また抱き込んできた高木の手が、あやすように真寛の背中を叩いている。

「ちょっと待て、俺は何も言ってないぞ。まるで俺が……、っておい」

文句を言っているうちに、上にあった高木の腕がずっしりと重くなった。

「なんだそれは。……やりたい放題か」

人を抱き込みながらすぅすぅと寝息を立て、瞬《またた》く間《ま》に寝入ってしまった高木に悪態を吐く。

起き抜けに嘘を並べ、いきなり押《の》し掛かってきた挙句にこの有様だ。二日酔いは完全に抜
け、だけど朝から疲れてしまった。

腕の重みと、規則的な呼吸音を聞いているうちに、真寛のほうにも睡魔が襲ってきた。

起きたら覚えていろよと、平和な寝顔を眺め、真寛も目を瞑った。

あとがき

こんにちは。もしくははじめまして。野原滋です。この度は拙作「卑怯者の純情」をお手に取っていただき、誠にありがとうございます。

コンセプトは「人魚姫」でした。助けられた王子が勘違いして他の男に礼を言い、あろうことかくっついてしまい、なんだよ話が違うじゃねえかこの野郎……、みたいなことになりました。片方が性悪ならもう片方のほうも輪を掛けたような性格のキャラになり、大変楽しゅうございました。

酒の席での失敗は、嗜む方ならどなたでも多少のお心当たりはあると思います。真寛の失態などは取材をするまでもなく、自分の体験談で書くことができました。昔お勤めをしていた頃、泥酔した新人を送った際に暴れられ、一網打尽の目に遭ったことがございます。四人で送ったのですが、一人は服を破かれ、ラリアットを食らった一人は顎に青あざを作り、一人は自転車を破壊され、私は骨折しました。路上でマウントポジションを取られるという貴重な体験をいたしました。身長一四六センチの女性です。二度と会社に来ませんでした。彼女の歓迎会だったわけですが。

それはさておき、酒とスポーツドリンクを一緒に飲んではいけません。焼酎をそれで割るなんて以ての外です。下手をすると真寛のようになりますので、皆さんお気を付けください。

酒の話ばかりになりましたが、二人の恋模様は如何でしたでしょうか。プライド高く、大した挫折をしてこなかった人間が、自分の醜さを自覚しながら無様に足搔く姿を書きたくて、挑戦した物語でした。表面に出る印象と、中身とのギャップ。自分の中で自由に操れていたものが、取り繕えなくなり苦悶する様子を、なるべく丁寧に拾ったつもりなのですが、上手く伝わっていますでしょうか。感想などをお聞かせいただけたら幸いです。

イラストを担当くださった金ひかる先生、素敵なイラストをありがとうございました。二人ともキャラのイメージがドンピシャで、いろいろな表情の彼らを描いていただき、ラフが届くたびにドキドキしました。スーツでなければ裸という、どの場面を選んでもこの二択しかない設定の中、すべてが違う魅力に溢れていて、感激いたしました。

今回初めてネタ出しから仕上げまでの全行程をお付き合いくださいました担当さまも、ありがとうございました。苦手描写を敢えて克服しましょうと叱咤激励され、弱気な声を出している電話の向こうで、「楽しくなってきました」というセリフと共に含み笑いが聞こえ、担当さまの属性は鬼畜敬語攻めとお見受けしました。今後ともよろしくお願いいたします。

そして、最後まで拙作をお読みくださった読者さまにも厚く御礼申し上げます。強情で腹黒なのに純情な二人の泥仕合を、どうか楽しんでいただけますように。

野原滋

✦初出　卑怯者の純情……………書き下ろし
勝負の行方………………書き下ろし

野原滋先生、金ひかる先生へのお便り、本作品に関するご意見、ご感想などは
〒151-0051 東京都渋谷区千駄ヶ谷 4-9-7
幻冬舎コミックス　ルチル文庫「卑怯者の純情」係まで。

幻冬舎ルチル文庫

卑怯者の純情

2014年9月20日　第1刷発行

✦著者　野原 滋　のはら しげる

✦発行人　伊藤嘉彦

✦発行元　株式会社 幻冬舎コミックス
〒151-0051 東京都渋谷区千駄ヶ谷 4-9-7
電話 03(5411)6431[編集]

✦発売元　株式会社 幻冬舎
〒151-0051 東京都渋谷区千駄ヶ谷 4-9-7
電話 03(5411)6222[営業]
振替 00120-8-767643

✦印刷・製本所　中央精版印刷株式会社

✦検印廃止

ISBN978-4-344-83233-6　C0193　Printed in Japan